JN051188

講談社文庫

闇試し

古道具屋 皆塵堂

輪渡颯介

講談社

目次

古道具屋 皆塵堂《かいじんどう》
闇試《やみだめ》し

登場人物

お縫（おぬい）
浅草の札差大和屋《ふださしやまとや》のお嬢様。
幽霊が見たい十三歳。

太一郎（たいちろう）
浅草の道具屋銀杏屋《いちょうや》の主《あるじ》。
幽霊が見えてしまう。

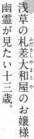

お志乃（おしの）
お縫お付きの美しい女中。

庄三郎（しょうざぶろう）
浅草の呉服屋信濃屋《しなのや》の手代。
幽霊と間違えられる陰気な男。

峰吉（みねきち）
深川の古道具屋皆塵堂の小僧。
器用で客あしらいが上手。

イラスト：山本（Shige）重也

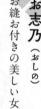

巳之助（みのすけ）

棒手振《ぼてふ》りの魚屋。いかつい顔に似合わず大の猫好き。

伊平次（いへいじ）

皆塵堂の主。曰《いわ》く品《ひん》ばかり集めてくる。

清左衛門（せいざえもん）

皆塵堂の家主で、材木問屋鳴海屋《なるみや》のご隠居。

闇試し

古道具屋　皆塵堂《かいじんどう》

四つ目の案

一

浅草阿部川町《あさくさあべかわちょう》の片隅に銀杏屋《いちょうや》という道具屋がある。

裏通りに面しているので、決して大きくはない。太一郎《たいちろう》という名のまだ若い店主と、先代の頃から勤めている杢助《もくすけ》という番頭の二人だけでやっている小体《こてい》な店だ。しかしそれでも商売の方は案外とうまくいっている。店構えのわりには儲《もう》かっていると言ってもいい。

なぜかというと、まずは番頭の杢助が有能だからである。とにかく客あしらいが上手な番頭なのだ。常に柔和な笑みを浮かべ、穏やかな物腰で客の相手をする。押し付けがましいところはなく、無理に品物を買わせるようなことは決してしない。店で扱っている品はもちろんのこと、あらゆる道具に詳《くわ》しいので、ただ話をするだけでも十分に楽しい。そのため、たいていの客は満足して、「また来よう」と考えながら銀杏屋を去ることになる。もちろん銭勘定にもしっかり長《た》けているという、まさに商いをするために生まれてきたような男だ。

それから、先代の店主だった重松《しげまつ》が広げた人脈というものもある。息子の太一郎には厳しい面を見せることもあったが、元来はのんびりした男で、あまり商売っ気というものが感じられない店主であった。それがかえって居心地のよさを作ったのか、世間から道楽者と呼ばれるような、道具屋にとっての上客が店に多く集まるようになった。隠居した今では向島《むこうじま》にある家で暮らしているが、銀杏屋には重松が店主をしていた頃に常連になった客がいまだに通ってきている。

そして当代の主《あるじ》である太一郎が持つ、人とは違う力がある。これこそが今の銀杏屋の一番の強みであった。

言ってしまえば「幽霊が見えてしまう」という迷惑な力なのだが、これは道具屋をやる上ではかなり便利だった。銀杏屋は古い書画や壺《つぼ》などを多く扱っているが、その中にはたまに妙なものが取り憑《つ》いているものがあるからだ。

太一郎はこれを一目で見抜く。いや、見る前に気づく。まだ客が遠くにいる時から、「ああ、碌《ろく》でもない物を売りに来ようとしている人が近づいてくるなあ」と顔をしかめている。おかげでその手の品を避けることができるのだ。

それとこれは幽霊を見る力とどうつながっているのか分からないが、太一郎は売れる品物を見つけるのがうまい。銀杏屋に持ち込まれたり、他所《よそ》の道具屋に置かれたりしている物を見た時に、「あ、これを欲しがるお客がうちの店にやってきそうだな」と感じることがある。その勘が外れることは滅多《めった》にない。

しかも太一郎は、その力に頼らなくても十分なほどの「目利き」でもあった。つまり、まさに道具屋をするために生まれてきたような男なのである。

しかし父親の重松は、幽霊が見えてしまうがゆえにむしろ道具屋には向かない男だと考え、太一郎を別の仕事に就かせようとした。そのため太一郎は、長男でありながら子供の頃に銀杏屋を出され、十年ほど職人の修業をしていた。

しかし代わりに店を継ぐことになっていた弟が病で亡くなったので、太一郎は銀杏屋に戻されることになった。ただ、その前に重松は、別の店で太一郎に修業をし直させている。深川《ふかがわ》の亀久橋《かめひさばし》のそばにある、皆塵堂《かいじんどう》という古道具屋だった。

この皆塵堂は、人死にが出た家からでも平気で古道具を引き取ってくる店であった。また、妙なものが取り憑いていそうな品物を買い取ってしまったからどうにかしてくれ、と仲間の古道具屋から頼まれることが多い店でもあった。だから、その頃はまだ幽霊というものに慣れていなかった太一郎にとって、避けたい物に溢《あふ》れた迷惑な場所だったのである。

重松が息子をわざわざそんな店に行かせたのは荒療治のためだった。幽霊というものに無理やり慣れさせたのだ。ひどいやり方だが、今の太一郎があるのはその時の修業の賜物《たまもの》だと言っていい。それまで太一郎は幽霊が見えるということを周りに隠していたのだが、皆塵堂ではさすがに無理で、あっさりとばれた。しかしおかげで、太一郎はその力を遺憾《いかん》なく発揮できるようになったのである。

なお、幽霊が見えることを隠していたのは、周りから変な目で見られるに違いないと考えたからだ。しかし今の太一郎は、そのせいで変な目で見られてはいない。なぜなら……。

「ああ、もう参ったな。ちょっと外に出るだけでも命がけだ」

銀杏屋の裏口の方から帳場へと入ってきた太一郎は、うんざりした顔でそう呟《つぶや》いた。

少し息が切れているが、決して遠くまで行ったわけではない。朝、客が来る前に帳場の拭《ふ》き掃除をするため、裏の長屋にある井戸へ水を汲《く》みに行っただけだ。

「また猫に襲われましたか。それはお気の毒でございました。もっとも猫の方は大喜びでじゃれているだけなのでしょうけど……」

店の表戸を開けていた杢助が呆《あき》れたような声で言い、ため息をついた。

太一郎は猫がものすごく苦手である。それなのに、なぜかやたらと猫に好かれるのだ。今も、銀杏屋から出た途端《とたん》に裏店《うらだな》で飼われている猫たちが寄ってきて、太一郎の体に上ろうとするので大変だった。

それに太一郎は猫が駄目《だめ》なのに、銀杏屋には白助《しろすけ》という名の雌の白猫が一匹いる。そいつは裏口を出る前からもう太一郎の背中にひっついていた。そこへ黒猫や茶虎、雉虎《きじとら》、白黒のぶちなど、他の猫たちまで上がってきたものだから、太一郎は地味な色の花を咲かせる樹木のようになってしまった。そんな格好で、どうにか水を汲《く》んできたのだ。誰かに助けてほしかったが、いつものことなので裏店の住人たちは笑って眺めているだけだった。

つまり太一郎は、「幽霊が見える男」ではなく、「体中に猫をくっつけて歩く男」として周りから変な目で見られているのである。

これは仕方のないことだろう。太一郎の目に幽霊が見えていても、周りの者にはそのことが分からない。しかし猫の方は一目瞭然《いちもくりょうぜん》、しかも見た目に派手で、なおかつ面白いのだから。

「……まあ杢助さんのおかげで店の方まで来ないのが、せめてもの救いです」

白助はもちろん、裏店の他の猫たちも家の中に勝手に入ってくる。しかし帳場や店土間に姿を見せることはなかった。

これは杢助が根気よく猫たちを躾《しつ》けたためである。商いだけでなく、こういうところでも有能な番頭なのだ。

「言ってくだされば水くらい私が汲みに行きますのに」

表戸を開け終えた杢助は、太一郎のいる帳場へと上がってきた。どうやら拭き掃除を代わりにするつもりらしい。

それなら自分は店の前を竹ぼうきで掃こうと考え、太一郎は杢助と入れ違うように店土間に下りた。

「あのう、若旦那《わかだんな》。多分、駄目と言われると思うのですが……」

その太一郎に、杢助が後ろから遠慮がちに声をかけてきた。隠居した先代の重松が今でもよく顔を出すせいか、杢助はまだ太一郎のことを若旦那と呼んでいる。

「……そろそろ諦《あきら》めて、猫に慣れるように努めてみてはいかがでしょうか」

「も、もちろん駄目です」

太一郎は杢助の方を振り返ると、首を大きく振った。

「誰がなんと言おうが無理な話です。猫と比べれば幽霊の方がはるかにましだ」

「そちらはもう、とっくに慣れていらっしゃるでしょうに」

杢助はまた呆れたように言い、小さくため息をついた。

「若旦那は他にも水が駄目とか、鰻《うなぎ》は食うどころか見るのも嫌だとか、苦手な物がございますでしょう。鰻はともかく、猫と水は困りますよ。仕事どころか、当たり前に暮らしていくことすら大変になる。さすがにどうにかしないと」

「いやあ、水については、飲んだり風呂に入ったりするのは平気なので、困ることはありませんって」

太一郎は慌《あわ》てて言い繕《つくろ》った。

「川や海のような、水がたくさんある所が苦手なだけですから」

「江戸の町はあちこちに川や掘割があります。若旦那は皆塵堂さんがある深川へたまに出向かれますが、あの辺りは特にそうでございましょう。それに、そもそもそこへ行くには浅草川という大きな流れを越えていかねばならないわけで……」

浅草川とは隅田川《すみだがわ》のことである。この川は他にも大川《おおかわ》や両国川《りょうごくがわ》、宮戸川《みやとがわ》など、さまざまな呼ばれ方をしている。

「……周りを見ないようにして一心不乱に橋の真ん中を歩いていく体中に猫をくっつけた男、なんてほとんど物の怪です。確かにそれと比べれば幽霊の方がましかもしれません」

「ああ、いや……ましなのは猫と比べてであって、そいつらをくっつけた私と比べたわけでは……」

「銀杏屋の主として、若旦那はこれからますます仕事での人付き合いが多くなります。例えば先方の店に出向く時に、途中に猫がいるから、川があるからと言って遠回りをし、約束の刻限に遅れたりしたら申しわけないでしょう。ここらへんで腹を括《くく》って、猫か水のいずれか、あるいは両方に慣れるために、なにかこう、修業のようなことを始めてみてはいかがでしょうか」

「そ、それはまた折を見て……」

「左様でございますか。まあそうなった原因を考えると、無理を言うことはできないと私は思っていますが……」

太一郎は小さい頃に、川に流された妹を助けようとして一緒に溺《おぼ》れてしまったことがあるのだ。残念ながら妹はその際に命を落としている。

幼い妹が増水した川の方へ行ってしまったのは、太一郎が野良猫に気を取られたわずかな隙《すき》のことだった。太一郎が猫と水が苦手になったのは、その時の出来事が原因である。

「……しかしいずれは、若旦那はその二つを克服できると信じております。幽霊が見えることで子供の頃から苦労していた若旦那の姿を私は見てきました。しかし今では、それにすっかり慣れてしまっているではありませんか」

「は、はあ……そうですか。苦労していた私の姿を見てきましたか」

皆塵堂へ行くよりはるか前、幽霊が見えることを必死に隠していた頃のことである。杢助には、ばれていたようだ。

「口では慣れたと言っていても、幽霊を見るのはきっと嫌なことに違いありません。恨めしい顔で現れたり、血みどろの姿で出てきたりするのもいるでしょうから。それなのに平気だと言う若旦那を私は立派だと思います。もちろん私は幽霊など見たことはありませんが……」

そこまで話したところで杢助は言葉を止めた。見開いた目を太一郎の背後へと向けている。

「どうかしましたか？」

太一郎が訊《たず》ねると、杢助は震える声で「ゆ、幽霊が……」と言った。

「まさか」

そんな気配は感じなかった。この自分に悟られずに近づいてこられる幽霊などいるはずがない。

太一郎は笑いながら後ろを振り返った。

「……えっ」

しかし太一郎はすぐにその顔を強張《こわば》らせた。戸口のすぐ外に人が立っている。その者には生気というものが感じられなかった。

季節は夏で、朝とはいえ外の日差しはすでに強かった。そのせいで全体が影のようになっていて、相手の顔はよく見えない。しかし男であることは分かる。

「いや、まさか、本当に……」

影の男が動いた。ゆっくりとした足取りで銀杏屋の中に入ってくる。

「ゆ、幽……」

男はまず太一郎へ、続けて杢助へと頭を下げた。

「太一郎さん、それから番頭さんも、おはようございます」

「……霊、ではなくて庄三郎《しょうざぶろう》さんでしたか」

知り合いだった。もちろん生きている人間である。太一郎が銀杏屋に戻った後に、居候《いそうろう》という形で皆塵堂に転がり込んだ男だ。

庄三郎はそこへ至るまでに様々な不運に見舞われていた。江戸へ出稼ぎに来ている間に女房と叔父に裏切られ、故郷の田畑を売り払われたり、その間に母親が亡くなっていたことを知らされていなかったり……。

元々、大人《おとな》しくて木訥《ぼくとつ》とした人柄であった上に、そんな出来事が重なったせいか、やけに陰気で、そのために太一郎といえども幽霊と見間違えてしまうことがあるのだ。

「庄三郎さん、おはようございます。こんな朝っぱらからどうかなさいましたか。お店の方が忙しいでしょうに」

庄三郎は今、同じ浅草にある信濃屋《しなのや》という呉服屋で働いている。江戸に出稼ぎに来た時にいた店だ。その時はただの下働きだったのだが、庄三郎の人柄は年寄りの客相手に向いている、と信濃屋の若旦那の徳市《とくいち》に見出されていた。だから皆塵堂を離れて再び信濃屋に戻ってからは、手代《てだい》に上げられて仕事に勤《いそ》しんでいる。

ただ気の毒なことに、その徳市や他の奉公人から幽霊と間違えられることが、やはり多いらしい。

「……いえ、私の方は若旦那から命じられて来ているので構いません。それより銀杏屋さんです。申しわけありません、朝のお忙しい時にお邪魔してしまって」

帳場に置かれた手桶《ておけ》を見ながら庄三郎は肩をすぼめた。

「ああ、少しだけお待ちください。すぐに終わらせますので」

杢助がそう言って慌《あわ》ただしく動き始めた。まず上《あ》がり框《かまち》の辺りを、それから奥に向かって素早く床を拭いていく。

「……お忙しいのに、本当に申しわけありません」

庄三郎はまた頭を下げた。

「そんなに何度も謝らなくていいですよ」

太一郎はそう言いながら、庄三郎の背後にある戸口へと目を向けた。この男を幽霊だと見誤ってしまったのは陰気なせいだけではなかった。太一郎がいる場所からだと戸の陰になって見えないが、そこに何かいる。いや、何かある。

幽霊ならばここまで近づく前に必ず気づく。幽霊本人ではなく、何かの道具があるようだ。その物に執着はしているが、幽霊自体がそれに取り憑いているというわけでもなさそうである。だから気配が薄く、気づくのが遅れたのだ。

「……庄三郎さん、本日はどのようなご用件でいらっしゃったのでしょうか」

「お客様をご案内して参りました」

庄三郎は首を巡らして後ろを見た。

「たまに信濃屋にお見えになるお客様から、銀杏屋さんを紹介するよう頼まれたのです。今、表で待っていただいております」

「それにしても、こんな朝早くに」

太一郎は眉《まゆ》をひそめながら庄三郎へ目を戻した。

「いえ、もちろんうちは構いませんよ。ご覧の通り男が二人だけでやっている小さな店ですから。しかし信濃屋さんは違うでしょう。朝の忙しい時分に来られて迷惑だったのではありませんか」

「いえ、まあ、それが……」

庄三郎も太一郎の方へ目を戻し、小声で言った。

「……うちの大事なお客様なのです。信濃屋へ姿を見せるようになったのはわりと最近なのですが、金払いがいいと言うか、うちを贔屓《ひいき》にしてくださっておりますので、無下にはできないわけでございまして」

「ふうん。何者なのですか、そのお客は」

「浅草森田町《もりたちよう》の札差《ふださし》、大和屋《やまとや》さんでございます」

「へ、へえ……」

札差とは旗本や御家人に支給される蔵米の仲介をする者である。米を金に換えて渡してくれるのだ。もちろん手数料を取るし、蔵米を担保《たんぽ》に高利貸しを営んでいたりもする。だから金を持っている者が多い。

しかも大和屋は、その中でもかなり儲《もう》けている店だという話を太一郎は耳にしていた。なるほど、無下にはできないわけだ。

「もっとも、本日いらっしゃっているのは、大和屋の旦那さんご本人ではありません。信濃屋には顔をお出しになったのですが、仕事があるということで、お店に戻られました。ここへはその娘さん……いえ、お嬢様が、女中と下男を従えていらっしゃっています」

お嬢様、というのは武家の娘に対して用いられる言葉だ。町人の場合は、よほどの大店《おおだな》の娘にしか使われない。そして大和屋は、よほどの大店である。庄三郎の言い方は間違っていない。

「まだ年若いお嬢様なので、いきなり銀杏屋さんに顔を出しても不審がられるのではないかと思われたみたいでして。それでこのように、私が取り次ぐという形になったのでございます。いかがいたしましょう」

「いや、そう言われましても……」

太一郎は帳場を見た。水拭きを終えた杢助が、今度は乾いた布で床を磨いている。その手がすごい勢いで動いていた。先ほどまでも素早かったが、今はさらにその速さが増している。

多分、こちらの声が聞こえたのだろう。金に余裕のある札差の中には、道楽で書画や壺、茶器などを集めている者も多い。来ているのが娘だとしても、札差とつながりを持つことは道具屋にとって悪いことではない……という考えが杢助の頭の中で働いているに違いあるまい。

「……すぐそこまでいらっしゃっているのに追い返すことはできません。それにうちの番頭さんもやる気になっているみたいですし」

太一郎は振り返り、再び戸口の方へ目を向けた。確かに、戸の陰に何かある。

——どうやら厄介《やっかい》な物を持ち込んできたみたいだな。

太一郎が幽霊の見える男だということはわりと知られている。だからこの手のことは決して珍しいことではない。しかしそれでも太一郎は、深くため息をついた。

二

最初に銀杏屋に入ってきたのは、十八くらいの年の娘だった。かなりの美人である。思わず太一郎が目を瞠《みは》ってその顔をまじまじと眺めてしまったほどだ。

続けて店に足を踏み入れたのは、小さな女の子だった。年は十か十一といったあたりか。可愛らしい顔をしている。

そして最後に四十くらいの年の男が姿を見せた。大和屋の下男のようだ。この男は戸口から先には入らずに、手前で立ち止まって太一郎たちに頭を下げた。

下男は風呂敷包みを手に持っている。綺麗《きれい》な娘の顔よりも、太一郎はそちらの方が気になった。形からして箱だが、もちろん肝心なのはその中身である。

あまり大きくはない。多分、小振りの壺か香炉《こうろ》といった類《たぐい》の物だろう。

執着しているのはどうやら女の人みたいだ。年は五十手前といったくらいで……などと太一郎が考えていると、杢助に後ろから「若旦那」と声を掛けられた。

「えっ、あっ、ああ……すみません、ぼうっとしてしまって。ええと、私がこの銀杏屋の主の、太一郎でございます」

太一郎はそこでいったん言葉を止め、ふうっと大きく息を吐いた。庄三郎が大和屋の人たちを呼び入れる前に、太一郎のそばに杢助が寄ってきて、「これから贔屓にしてもらうために、おべっかの一つも言わなきゃいけませんよ」と耳打ちしてきたのを思い出したのだ。

そういうのは苦手なんだけどな、と心の中で舌打ちしながら、太一郎は最初に入ってきた美しい娘に向かって再び口を開いた。

「本日はようこそいらっしゃいました。まさか私どもの店に、大和屋さんのような大店のお嬢様がいらっしゃるとは思いもしませんでした。ましてやそれが、こんなお美しいお方だとは……」

そこまで喋《しゃべ》ったところで、今度は庄三郎から「た、太一郎さん」と声が掛かった。

「そちらは女中の、お志乃《しの》さんです。大和屋さんのお嬢様は、その後ろの……」

「は？」

太一郎はお志乃という娘から目を離し、その背後にいる女の子を見た。

「大和屋儀兵衛《ぎへえ》の娘、縫《ぬい》と申します」

女の子はそう言うと、太一郎に向かって頭を下げた。そして顔を上げると、にこりと笑った。

人を惹《ひ》きつける、愛嬌《あいきよう》に溢れた可愛らしい笑顔だった。だがなぜか太一郎はそれを見た途端、そこはかとない不安に襲われた。

「……も、申しわけありません」

「気になさることはございません。それに私は大和屋の娘には違いありませんが、養女ですので、そのようにむやみに畏《かしこ》まらなくて結構でございます。ですから、お嬢様、などという堅苦しい呼び方はやめてください」

「は、はあ……」

それなら何と呼べばいいのだ、と太一郎は悩んだ。物腰や口調はさすが大店のお嬢様という感じだ。それなら「お縫さん」だろうか。しかしまだ十くらいの可愛らしい女の子なので、「お縫ちゃん」の方が相応《ふさわ》しい気もする。

「あ、それと念のために言っておきます。私は幼く見えますが、年は十三ですから」

「さ、左様でございますか」

太一郎はますます悩んだ。十が十三になったところで大した違いはない。しかし、わざわざ自分の年を告げたということは、本人は見た目を気にしているのだろう。それならやはり「お縫さん」と呼ぶべきか。しかし油断すると「お縫ちゃん」と言ってしまいそうだ。

「本日、私どもが銀杏屋さんを訪れたのは、ある物を見ていただきたいからでございます」

悩む太一郎を気にする様子もなく、お縫は話を進めていく。

「私の父である大和屋儀兵衛は、書画や壺などを多く集めております。これはその中の一つでございます」

お縫はそう言うと後ろを振り向き、「久作《きゅうさく》」と言った。どうやらそれが下男の名らしかった。

呼ばれた久作は一礼してから戸口をくぐり、銀杏屋の中に入ってきた。静かに店土間を通り抜け、上がり框に運んできた風呂敷包みを下ろす。そして結び目を解《ほど》いて包みを開くと、また静かに歩いて戸口の外へと戻っていった。

包まれていたのは、やはり箱だった。すると今度は、女中のお志乃がすたすたとその箱に近寄っていき、箱の蓋《ふた》を外して中身を取り出した。

「それは……香炉でございますね」

帳場に置かれた物を見て、太一郎は呟くように言った。高さは五寸ほどで、白い地に唐花《からはな》が描かれている。物としては悪くはない。何もなければ高く買い取れそうだ。しかし女の執着が染みついているのはいただけない。

「こ、これはあまり……」

顔をしかめながら、太一郎はそう言いかけた。しかしその様子を見ていた番頭の杢助が、ずいっ、と前に出て、笑顔で口を開いた。

「確かに大和屋さんがお持ちのわりには、あまり値の張る物ではありません。ですが、だからこそ私は素晴らしく思います。金があるからと言って、むやみやたらと高《こう》直《じき》の品を集めるのではなく、たとえ安くて地味であっても本当によい物を買い求める。さすが大和屋さんでございます。よく分かっていらっしゃる」

「ありがとうございます」

お縫が丁寧《ていねい》に腰を折って杢助に礼を言った。

「この香炉を銀杏屋さんにお見せしたのは、今後のことをご相談するためでございます。これは半年ほど前に父が、とある仏具屋さんに買い取ってほしいと頼まれた物なのです。ところがつい先日、その仏具屋さんから香炉を買い戻させてほしいという申し入れがございました」

「ほ、ほう。いったいどうしてでございましょうか」

杢助が目を見開いて訊ねた。いつもは落ち着いた様子で客の相手をする番頭だが、今日は少し大げさになっているように感じる。札差とつながりを持てるかもしれないと張り切っているのだろう。それに言動こそしっかりしているが、見た目がまだ幼い女の子を相手にしているのも、いつもと勝手が違って杢助の調子を狂わせているのかもしれない。

それでも自分が相手をするよりはいいみたいだ。太一郎はそう考えて、口を挟まずに二人のやりとりを眺めることにした。

「事の初めからお話しいたします。そこは元町《もとまち》にある菊村屋《きくむらや》さんというお店なのですが、店主は古くからの父の知り合いで、同じように書画や壺などを集めている方でございました。しかし残念なことに、一年ほど前に急な病でお亡くなりになったのです。お店はその後、息子にあたる方が継ぎました。しかしまだ年若いせいか、なかなかうまくいかずに、少しずつ先代が集めた物を売って凌《しの》いだそうなのです。大半は亡くなった先代の店主と仲の良かった父が買ったらしいのですが」

「ふむ。まあ代替わりの時はどの店でも苦労するものです。ましてやお若い方に替わったのですから、なおさらでございましょう。先代の頃から勤めている、信頼のおける番頭などがいれば、また別でしょうけど」

杢助はそう言いながら太一郎の方へちらりと目を向けた。

ああ、はいはい。銀杏屋がうまくいっているのはあなたのおかげですよ、と心の中で呟きつつ、太一郎は苦笑いを浮かべて杢助とお縫から目を逸《そ》らした。他の者たちの様子が目に入る。

庄三郎は店土間の隅でぼんやりと突っ立っていた。相変わらず生気に乏《とぼ》しい顔だ。

自分たちは庄三郎がいるのが分かっているから驚かないが、知らない客が入ってきていきなり見たら、幽霊と間違えて腰を抜かすかもしれない。

お志乃は、箱から香炉を取り出した後は戸口のそばまで下がって、今はそこで静かに佇《たたず》んでいる。その立ち姿もまた美しい。しかし身に着けている物を見れば、お嬢様なのはお縫で、お志乃の方は女中だと分かる。道具屋の主としてすぐに気づけなかったのはまずかった、と太一郎は顔を歪めた。

箱を置いた後で再び外に出ていった久作は、太一郎からは見えにくい、戸の陰になる場所にいた。地面に映る影だけが目に入る。久作の足下に何やら四角い大きな物があるようだった。

太一郎は少し横に動いてみた。すると久作の足下にあるのが、背負えるように紐《ひも》のついた葛籠《つづら》だと分かった。どうやら香炉の他にも荷物があるらしい。しかしもう葛籠からは怪しい気配を感じないので、太一郎はほっとした。

「菊村屋さんでは、先代が亡くなる少し前に、長く勤めていた番頭さんが自分の店を持つために辞めていたそうなのです。それもあって留八《とめはち》さんという今の店主は苦労されたのだと思います」

再びお縫の話が始まったので、太一郎はそちらに耳を傾けた。

「……結局、留八さんは先代が集めていた物を売り払いましたが、この香炉だけは最後まで残していました。先代のお気に入りだったのです。それで、先代のおかみさんが売るのを渋ったらしくて……」

つまり留八の母親であるが、その人も今は亡くなっているようだ、と香炉に目を向けながら太一郎は考えた。

「……しかし半年ほど前に、その先代のおかみさんも病で亡くなりました。それで留八さんは、最後まで残っていたこの香炉も手放すことにし、先代と仲の良かった父が買い取ったのでございます」

太一郎は他の者には分からないように小さく頷《うなず》いた。思った通りである。香炉に執着しているのは留八の母親で間違いない。

だが香炉そのものに取り憑いているわけではないので、買い取った大和屋には何も起こらなかったはずだ。あるとしたら菊村屋だが……と思いながら太一郎はお縫の次の言葉を待った。

「ところがつい先頃、留八さんがうちの店にいらっしゃって、この香炉を買い戻させてほしい、と申されたのです。何でも、香炉を手放してからというもの、毎晩のように亡くなった先代のおかみさんの幽霊が出るのだそうです。何をするわけでもなく、恨めしげな目でじっと留八さんを眺めているだけらしいのですが……」

「ほう、幽霊でございますか」

　杢助は、まるで世間話をしているような感じで相槌《あいづち》を打った。太一郎みたいな者が店主をやっているので、この手の話が銀杏屋に持ち込まれるのは決して珍しいことではない。だから今のお縫の話を聞いても、杢助は動じた様子がなかった。むしろ、さっきまでより落ち着いたように見える。

「留八さんがいらっしゃった時、うちの父は用があって出かけていたのです。お話は番頭が伺い、それを父に伝えました。すると父は、この手のことに詳しい者に相談した方がいいのでは、と言い出しまして。それで、留八さんへ返答をする前に……」

「この店にいらっしゃったのでございますね」

「はい。銀杏屋さんのことを耳にしていたものですから」

　杢助とお縫が同時に太一郎の方を見た。

　客の前なので、杢助は口元に穏やかな笑みを浮かべている。しかし目が笑っていない。これは太一郎に対して「若旦那の力のせいで、またこんなお客が来ましたよ」と非難すると同時に「大事なお客様なので、相手の意に沿うよう、うまく事を収めてくださいよ」と釘を刺す、二つの意味を含んでいるように思えた。器用な番頭だ。

お縫もやはり笑顔だった。こちらは目もちゃんと笑っている。相も変わらぬ、愛嬌に溢れた、とても可愛らしい笑顔である。しかし先ほどと同じように、それを見た太一郎はそこはかとない不安に襲われた。

「……いくつかお訊ねしたいことがあるのですが」

心の中の不安を隠し、太一郎は落ち着いた顔をお縫へと向けた。

「今回の件に関して、大和屋さんは何とおっしゃっているのでしょうか」

「父は、すべてをこの私に任せる、と申しております」

「ふむ」

本当だろうか。まだ幼いと言ってもいいくらいの娘さんに……と思いながら太一郎は横目でお志乃を見た。

この大和屋の女中は頷いていた。本当らしい。しかし口裏を合わせている、ということもあり得るので、信じていいか分からなかった。

迷っていると、店土間の隅にいる庄三郎がおずおずと口を開いた。

「あのう、太一郎さん。初めに申し上げたように、大和屋の旦那さんは仕事があるのでお帰りになりましたが、うちの店までは一緒にやってきたのです。その際に、確かにお嬢様が今おっしゃったようなことを話していたのを私は耳にしています」

「ああ、そうですか。ありがとうございます」

　庄三郎の言うことなら信用できる。誠実さの塊《かたまり》のような人柄であり、それゆえに騙《だま》されて散々な目に遭《あ》った男なのだ。

　太一郎は目をお縫へと戻した。

「次にお訊ねしたいのは、菊村屋さんのことです。店の方がうまくいかないせいで先代が集めた物を売ったと伺いました。今回、そのうちの一つである香炉を買い戻そうとしているわけですが……店の方は平気なのでしょうか。この香炉はあまり値の張る物ではないと先ほどうちの番頭が言いましたが、それはあくまでも大和屋さんの持ち物として考えた場合の話ですから」

「菊村屋さんは、商いの方はだいぶ上向いてきているようですが、さすがにまだそこまでの余裕はないと思います。この香炉を買い戻したからといって、すぐにお店が潰《つぶ》れるようなことはないでしょうけど」

「それでは最後にお訊ねします。お嬢様……ああ、いえ、お縫……さんは、この香炉をどうするべきか相談にいらっしゃったわけですが、もしご自身に何かお考えがあればお聞かせください」

「取れる案は三つあると思います」

お縫は手を前に出し、指を三本立てた。

「一つ目は、買い戻したいという菊村屋さんのお申し出をお断りする、ということです。もちろん意地悪でそうするのではなく、菊村屋さんの商いがもっとうまく回るようになってから改めて話をする、という意味でございます」

「なるほど」

悪い考えではない。しかし、それでは菊村屋に幽霊が出続けることになる。

「二つ目は初めのと似ていますが、買い戻す前に、香炉を大和屋ではなく菊村屋さんに置く、ということです。お店に十分な余裕ができるまで預ける形にする、というわけでございます」

「ほう」

それなら香炉に執着している幽霊も満足して、菊村屋に出てくることはなくなるだろう。いい考えだ。

「三つ目は、この銀杏屋さんに香炉を買い取っていただく、ということです。つまり、香炉のことは、この手のことに詳しい銀杏屋さんに任せてしまおう、という考えでございます。ですから銀杏屋さんの言い値で結構ですし、ただでお譲りしても構いません。それに当たり前ですが、その後で銀杏屋さんが香炉をどうしようと私どもは何も申しません。少し興味があるので、どうするつもりかは教えてもらいたいですけど」

「な、なんと……」

太一郎は驚いた。もし香炉を買い取った後で、菊村屋のことなど知らん、と言い出したらどうするつもりなのだろう。

「この三つのうちのどれを選べばよいかご相談するために、本日はこちらに参りました。ただし、銀杏屋さんが決めたものを、必ずしも私どもが選ぶとは限りません。あくまでご相談のつもりで伺ったのです。しかし、きっと銀杏屋さんなら正しい答えを教えてくださることでしょう。もちろんこの三つとは別の、四つ目の案を出してくださっても結構でございます」

「は、はあ……」

一番いいのは二つ目だ。幽霊のことを考えると他の手段はない。

「もしかしたら、もう銀杏屋さんは答えを決めているかもしれません。しかし番頭さんのお考えなども伺っておいた方がいいと私は思います。ですから……ここの裏長屋には人懐っこい猫が数匹いると聞いています。私はしばらくの間、その子たちと遊んできますので、その間に話し合ってください」

お縫はそう言うと、すっと店を出ていった。あっという間だった。今の今まで喋っていたのに、ふと気づくともういなくなっていた、という感じだ。その動きがあまりにも素早かったので、太一郎は呆気《あっけ》に取られてしまった。

三

「よろしくお願いいたします」

お志乃がそう言って頭を下げ、先に行ったお縫を追いかけるために店を出た。

容姿と同じように美しいその声のおかげで、呆然《ぼうぜん》としていた太一郎は我に返った。慌《あわ》てて辺りを見回す。

仕事熱心な杢助は、すでに香炉を手に取って眺め回していた。値踏みをしているようだ。

庄三郎はお縫たちが去った後の戸口を眺めまま、ぼんやりしている。

その戸口の外側には久作がいた。荷物番として残っているのだろう。

「……ええと」

太一郎より少し遅れて我に返った庄三郎が口を開いた。

「申しわけありません。厄介事を持ち込んだみたいで」

「庄三郎さんが気になさることは何一つありませんよ。この手の話が持ち込まれるのは、決して珍しいことではございません。その点では、ここは皆塵堂と似ています」

太一郎はそう告げると、杢助のいる上がり框の方へ近づいた。

「いやあ、そう言っていただけると気が休まります」

庄三郎も二人がいる方へと歩み寄ってきた。しかしその動きがどこかぎこちない。

「足かどこかを痛めたのですか」

「いえ、そうではありません。この店は皆塵堂と違って綺麗だから……」

「あの店と比べたら、どこの店も綺麗でしょう」

太一郎が修業し、庄三郎が居候した皆塵堂は、とてつもなく汚い古道具屋なのである。出入り口に鍋や釜、桶、籠《かご》などが積まれて客の行く手を阻んでいるし、店土間には毛抜きや簪《かんざし》といった足に刺さりそうな物が転がっている。壁際《かべぎわ》の簞笥《たんす》の上には包丁や鉈《なた》が刃を剥《む》き出したまま置かれている。だから足を踏み入れるだけでも覚悟がいる場所なのだ。

一方、この銀杏屋は品物がすべて整然と置かれている。壁にはまず掛け軸が数幅、一定の間を空けて掛けられている。その壁の前には壺や大皿が台の上に並べられている。店土間の真ん中にも台があり、漆塗《うるしぬ》りの綺麗な文箱《ふばこ》や印籠《いんろう》などが載せられていた。

「確かに太一郎さんのおっしゃる通りです。ですが、特にこの銀杏屋さんは、いつも綺麗にしていると本当に感心します。それに置かれているのはどれも値の張りそうな品物ばかりなので、店に入ると歩き方がおかしくなるのです。壺のそばでうっかり転んだらと思うと……」

「ど、どうか気をつけてください」

生真面目ではあるが、意外と抜けているところがあるので、庄三郎ならやりかねないと太一郎は思った。

「はい、壁の方には近づかないようにします。それにしても、本当に皆塵堂とは大違いだ。あっちも店主一人と奉公人一人の、二人でやっている店なのに」

「庄三郎さん……そこも比べますか」

伊平次《いへいじ》という名の皆塵堂の店主は、いつも魚釣りに出かけてしまってほとんど店にいない男なのだ。世話になったのだからこの伊平次のことを決して悪くは言えないが、さすがに比べられるのは心外である。太一郎はちらりとそう思ったが、よく考えると実はあまり差はないのでは、と考え直した。

「まあ、私も猫に追いかけられて銀杏屋に帰ってこられないことがありますし、裏の長屋で子猫がたくさん生まれた時にはしばらく寝込みましたから、伊平次さんと似たようなものです」

そうなると比べるべきは奉公人ということになるが、皆塵堂で働いているのは峰吉《みねきち》という名の小僧である。年は十五で、そろそろ前髪を落として大人の仲間入りをしてもいい頃なのだが、本人が「子供のなりをしている方が客に古道具を売りつけやすい」と言うのでそのままになっている。峰吉は小柄なので、今のところはまだ、おかしくは感じない。

その小僧の峰吉と、長年この銀杏屋に勤めている番頭の杢助を比べるのはさすがに酷である。太一郎はちらりとそう思ったが、よく考えると実はあまり差はないのでは、と今度もまた考え直した。

「客あしらいは峰吉も上手だ。それにうちの杢助さんのような客を安心させるほほ笑みとは違うが、人を惹きつける愛嬌のある笑顔を持っている。案外といい勝負かもしれない」

もっとも峰吉は客が何も買わないで帰ると、悪鬼のような顔でその背中に向かって舌打ちをするが……。

「それにどちらも銭勘定に長けている。働き者なのも同じだ」

峰吉は、店にいる時はいつも壊れた古道具の修繕《しゅうぜん》をしているし、いったん外に出れば決して手ぶらでは帰らず、何かしら買い付けて皆塵堂に戻ってくる。商いの才覚は、杢助と互角かもしれない。ただし峰吉は、店の片付けだけはしない。

「ううむ、そうなると、うちと皆塵堂の違いは、奉公人が店を綺麗にするかどうか、という一点だけになりますかね。まあ、そもそも相手にしている客筋が違いますが」

「皆塵堂は本当に『町の古道具屋』という感じで、桶とか籠みたいなどこの家にでもある物で溢れていますが、銀杏屋さんは値の張りそうな書画や壺などがたくさん並べられていますね。やはりお客もお金持ちの方が多いのでしょうか」

「もちろんそれなりに余裕のある方がほとんどでしょうけど、さすがに札差の大和屋さんほどのお金持ちはいらっしゃいません。あえて言うなら鳴海屋《なるみや》のご隠居様ですけど……」

皆塵堂の地主の、清左衛門《せいざえもん》という老人のことだ。木場《きば》の大きな材木商の隠居で、やはり結構な金持ちである。

「……あの人は木で作られた物にしか興味がありませんから。うちにも文箱とか置いていますが、漆塗《うるしぬ》りの上に螺鈿《らでん》が施されているような物ばかりでしょう。そういうのより木地のままの方が好みらしいのです。鳴海屋のご隠居にとっては、うちより皆塵堂の方が面白いみたいですよ」

「まあ、そういう方もいらっしゃるでしょう。大和屋さんは違うみたいですけどね。気に入られたら銀杏屋さんにとっていいお客になるかもしれません。でも……」

庄三郎は、杢助が手にしている香炉へと目を向けた。

「……太一郎さん、どうなさるおつもりですか」

「ううむ、そうですね……あの大和屋のお嬢様が言っていた中だと、二つ目がいいと思います。金のやり取りは後回しにして、とりあえず香炉は菊村屋に戻す、というやつです。それで先代のおかみさんの幽霊は出なくなるはずですよ」

「太一郎さんがおっしゃるなら、そうなのでしょうね。私もそれがいいと思いますよ」

「それでは、二つ目の案を選ぶということで……」

決まりだ、と思ったが違った。杢助が「お待ちください」と口を挟んだのだ。

「若旦那も庄三郎さんも、よくお考えになってください。先ほど大和屋のお嬢様がおっしゃったうちの、一つ目と二つ目は分かります。しかし三つ目は妙だと思うのです。なぜそんなものが加わってきたのか……」

太一郎は頷いた。それは自分も少し思った。香炉を手放したのが原因で幽霊が出るようになった、ということは大和屋と菊村屋も分かっている。それなのに銀杏屋に香炉を引き取らせるなんて話が出てくるのは不思議である。それでは幽霊が出続けることになってしまう。

「……若旦那、よく聞いてくださいよ。大和屋さんは、この銀杏屋を試しているのではないでしょうか。きっと正しい案を選べば贔屓にしてくださるつもりなのだと思います。大和屋のお嬢様は、銀杏屋に香炉をただで譲っても構わないとおっしゃっていました。しかし同時に、興味があるのでどうするつもりかは教えてほしい、ともおっしゃっています。この二つが肝なのですよ」

「ううん……よく分からないな」

「菊村屋さんは香炉を買い戻すつもりですが、大和屋さんの方は、別にただで返しても構わないと考えているということですよ。しかし亡くなったご友人の息子さんに対して、恩を売るような真似《まね》はしたくないのではないか、と私は思うのです。そこで、この銀杏屋を使う案が出てきたのではないでしょうか。つまり銀杏屋がただ同然で香炉を買い取り、菊村屋さんに安く売る、ということです。これこそが大和屋さんの望みの答えでしょう」

「だったら我々には、初めからそう言えばいいのでは」

「ですから、この銀杏屋を試しているのでございますよ。幽霊が出るから買い戻したいと菊村屋さんが話に来た時、大和屋さんはたまたま留守にしていた。相手にしたのは番頭さんですが、その際に菊村屋さんは香炉を見ていないんじゃないでしょうかね。それで大和屋さんの頭に、この案が浮かんだのだと思います。本当はまだ大和屋にあるのに、もう道具屋に売ってしまったと嘘がつける」

「どうかなぁ……」

考えすぎのような気がするが、と思いながら太一郎は横目で庄三郎を見た。するとこの生真面目な男は、感心したように頷いていた。

「さすが銀杏屋さんの番頭さんです。お考えが深い」

「ちょ、ちょっと庄三郎さん……」

「菊村屋さんの手に香炉が渡るのは二つ目の案と同じです。それで幽霊は出なくなる。しかも今おっしゃった番頭さんの案の方が安く済むので、その点でも菊村屋さんは助かります」

「ううん……」

それで大和屋が銀杏屋を贔屓にしてくれるかどうかはともかく、確かにこちらの方がいい考えのようだ。後で杢助が自慢げな顔をしそうなのが嫌だが……。

「それでは、大和屋のお嬢様が挙げた案のうちの、三つ目を選ぶということでよろしいですね」

杢助が太一郎を見ながら言った。もうすでに少し自慢げな顔つきになっている。

「う、うむ。いいんじゃないかな」

「そうなると今度は、この香炉にいかほどの値を付けて買い取るか、というのが大事になってきます。菊村屋さんにはなるべく安く売りたいところです。しかしあまりにも安すぎると、大和屋さんが裏で糸を引いているのではないか、と疑われてしまう。そのあたりを考えて買い取りの値を決めないと……」

「そちらはただでいいんじゃないかな。大事なのは売る方の値だ」

「いいえ、ただで引き取ると、あまりにも嫌らしいというか……。『大和屋さんのお考えの通りに動きました。つきましてはどうかこの銀杏屋をご贔屓に』という思いが透けて見えるような気がするのですよ。あくまでも表向きは、菊村屋さんのことを考えて動いたという風にしたいのです。さて、いくらにするべきか……」

「……任せるよ」

それこそ考えすぎだと思うが、そんな番頭がいるおかげで銀杏屋はやってこられたのだ。太一郎はとやかく言うことはやめ、杢助に背を向けた。

若い娘たちが笑いながら喋っている声が表から聞こえてきた。お縫とお志乃が戻ってきたようだ。

店土間にいた時にはずっと澄ました顔で立っていたお志乃も、ああやって楽しそうに笑うんだな、と思いながら太一郎は耳を傾けた。

さっきまでは見た目に似合わぬ落ち着いた口調で話していたお縫も、今は年相応の喋り方で笑っていた。聞いている太一郎の方も、思わず頬《ほお》が緩みそうになる。

しかし近づいてくるにつれて二人の話の中身が猫のことだと分かってきたので、太一郎は苦々しく顔をしかめた。

「どの案を取るか、お決めになりましたか」

やがて姿を現したお縫が、そう言いながら銀杏屋に入ってきた。口調が戻っている。その後に続いたお志乃も、やはり澄ました顔で先ほどと同じ場所に立った。

「はい。三つ目を選ぶということで話がまとまりました」

杢助が答えた。

「銀杏屋で買い取った後は、香炉を菊村屋さんに持って参ります。元々はこちらにあった物だと聞きましたので……という形で訪れ、安く売ろうと考えています」

「なるほど。さすがでございますね」

お縫がにこりと笑った。

「それは父が思い描いたのと同じでございます」

「ほ……ほう。いや、たまたまでございますよ」

そう口では言いながら、杢助は嬉《うれ》しさを隠せないでいた。ものすごい笑顔だ。

「本日は確か、ご相談にいらっしゃっただけという話でございました。しかし善は急げと申します。早い方が、それだけ菊村屋さんも助かりましょう。ですから、これから香炉の買い取りの値についてもお話ししたいのでございますが」

「いえ、この香炉を売るつもりはございません。銀杏屋さんが選んだものを、必ずしも私どもが選ぶとは限らないと申し上げたはずです」

「は？」

杢助の顔がみるみるうちに曇っていく。見ていて面白かった。

「し、しかし大和屋さんのお考えによると……」

「それはあくまでも父の考えでございます。この件は、すべてこの私に任されております。そして私は、先ほど挙げたのとは別の、四つ目の案を取ろうと思っているのでございます」

お志乃がよどみない動きで上がり框に近寄り、香炉を箱に収めた。

久作も静かに、しかし素早い足取りで店土間に入ってきた。風呂敷を広げるとお志乃から箱を受け取り、包み始める。

杢助はもちろん、庄三郎も、そして太一郎ですらも、これには呆気に取られた。ぼんやりしているうちに風呂敷包みを持った久作が戸口の外へ戻り、そこに置いてあった葛籠に包みを収めた。いつの間にかお志乃も元の場所に戻っていた。

「もちろん銀杏屋さんが同じ考えに至ったことは父に申し上げておきます。きっと喜ぶと思いますよ」

お縫はそう言うと、またにこりと笑った。

「さ、左様でございますか。ぜひそのように」

杢助が大きく息を吐き出した。ほっとしたようだ。

「つきましては、番頭さんにお願いがございます。少しの間、旦那様をお借りしたいのですが」

お縫がちらりと太一郎の方を見た。杢助も当惑したような顔を向ける。

「若旦那を、でございますか」

「私どもはこれから菊村屋さんに参ろうと思っているのです。そこに一緒に来てくださると助かります。その後にも行く所があるのですが、せっかくですのでそちらにもお付き合い願えれば幸いでございます」

「なるほど、それはもちろん結構でございますよ。少しの間と言わず、二、三日くらい持っていってくださって構いません」

おいっ、と太一郎は心の中で怒鳴って、杢助を睨《にら》みつけた。

「さすがに二、三日にもなると銀杏屋さんもお困りになるでしょうけど、番頭さんがそうおっしゃるなら明日までお借りしますね。ふふ」

お縫は口元に手を当て、声を出して笑った。

「それでは私どもはこれで……ああ、庄三郎さんはいかがなさいますか」

「えっ。わ、私でございますか」

いきなり名前を呼ばれたからか、庄三郎は目を丸くした。

「はい、庄三郎さんです。きっとこの後のことが気になると思いますから、よろしかったら一緒に菊村屋さんまでいらっしゃいませんか。もちろん、お忙しいようでしたらここでお別れしても構いませんけど」

「ああ、いえ、仕事の方は心配いりません。うちの若旦那から、できればこの件を見届けてくるように言われているのです」

金持ちの札差である大和屋から持ち込まれた話なので、信濃屋の徳市も気になっているのだろう。

「それでは庄三郎さんもご一緒に……私とお志乃は先に参りますので、お二人は後からいらっしゃってください。案内は久作がいたします」

お縫はそう言うと、先ほど裏の長屋へ猫を見に行った時と同じように素早く銀杏屋を出ていった。あっという間にいなくなったので、太一郎はまた呆気に取られてしまった。

その後でお志乃が、太一郎たちに頭を下げてからお縫を追いかけていった。こちらは先ほどと違って声を出さなかったので、太一郎は我に返ることがなく、しばらく呆気に取られ続けたままだった。

四

菊村屋のある元町は両国橋《りょうごくばし》を渡ってすぐの、回向院《えこういん》のそばの町である。ようやくそこへ近づいた時には、すでに太一郎は疲れていた。大きな隅田川を越したからだった。橋を渡るだけで太一郎は人より多くの労力と気合が必要なのだ。

菊村屋は広い通りに面した、わりと大きな店だった。先代が道楽で書画などを集めるだけの余裕を持っていただけのことはある。だがそれゆえに、急に店を引き継ぐことになった留八という今の店主は苦労したのだろう。銀杏屋は小回りの利く手頃な大きさの店でよかったと思いながら、太一郎はそんな菊村屋を眺めた。

二階建てだが、留八の母親の幽霊がいるのは一階のようだ。家の奥の、裏口に近い場所である。きっとその辺りに家の者が暮らす部屋があり、二階は奉公人が使っているに違いあるまい。

「……すでに菊村屋さんには話が通っています。裏口から入りますので、そちらにご案内いたします」

久作がそう言って歩き始めた。向かう先に裏長屋の木戸口が見える。そこから回り込むらしい。

太一郎もそちらに向かって足を踏み出した。

「あのう、太一郎さん。やはり、おかみさんの幽霊はいそうですか」

後ろからついてきた庄三郎が、恐る恐る、という感じで声を掛けてきた。この男は皆塵堂に居候していた頃に何度か恐い目に遭ったし、信濃屋に戻った後も、自害した仕事仲間の幽霊にあの世に連れていかれそうになったことがあった。だから太一郎のように幽霊には慣れている……などということはなくて、かなりびくびくしているようだ。

「ええ、いますよ」

太一郎は何食わぬ顔で、あっさりと答えた。その方が庄三郎は怖くないだろうと思ったからだ。

「年は四十代の半ばから五十手前といったくらいですかね。今は特に何をするでもなく、ぼんやりと部屋に佇んでいるだけのようです」

「外から眺めただけなのに分かりますか。相変わらず太一郎さんはすごい」

「いやあ、迷惑なだけですよ」

木戸口に着いたので太一郎はいったん立ち止まり、裏長屋の気配を探った。幽霊ではなく、猫がいないか調べたのだ。幸い、この長屋では飼われていないようだった。

太一郎はほっとしながら再び歩き出した。

「菊村屋さんの中に入っても、庄三郎さんが怖がるようなことは起こらないと思いますよ。香炉さえ戻せば幽霊は満足して出なくなるに違いありません。そこで気になるのは、あの大和屋のお嬢様が言っていた『四つ目の案』というやつです。いったいどうするつもりなのか……」

「ただで返すのだと思いますよ」

庄三郎は首を傾げながら答えた。

「大和屋の旦那さんは、菊村屋の留八さんが下手に恩義を感じないよう、いったん香炉を銀杏屋さんに売ろうと考えた。しかしあのお嬢様は、しっかりしているようでもまだ子供ですからね。そんなに深くは考えず、『ただで渡せばいいじゃないの』という感じなのだと思います」

「ふむ」

「あるいはお坊さんか何かを呼んでいて、お祓《はら》いをするのかもしれませんが……」

菊村屋の裏口が見えてきた。先に来ていたお縫とお志乃がいる。久作もすでに着いていて、下ろした葛籠の横で汗を拭《ぬぐ》っていた。それともう一人、太一郎と同じくらいの年の若い男が立っていたが、これは菊村屋の主の留八であろう。僧侶や祈禱師《きとうし》のような者は見当たらなかった。

「どうやらお祓いはないみたいですね。ちょっと見たい気もしたのですが」

庄三郎が残念そうに呟いた。

すぐに太一郎たちも菊村屋の裏口に着いた。もう一人の男はやはり留八だった。二人は初めに、この菊村屋の主からの挨拶《あいさつ》を受けた。

「本日はよろしくお願いいたします」

挨拶の最後に留八はそう言って頭を下げた。この言葉に太一郎は少し引っかかりを覚えたが、首を傾げている間にお縫が喋り出してしまった。

「それでは中に上がらせていただきましょう。まずは部屋の様子を見るために、香炉は持たずに入ります」

案内のために留八が最初に戸口をくぐった。妙に楽しそうな様子のお縫が続く。太一郎と庄三郎はその後だ。お志乃と久作は外で待つことになっているようで、中には入ってこなかった。

「ここが、私がいつも寝ている部屋です」

襖《ふすま》の前で留八が言った。裏口からすぐの場所だった。土間を上がると隅に梯子段《はしごだん》がある板の間で、その先に見えている襖だ。

「生前は両親が使っていました。父が集めた書画や壺、それにあの香炉などがあったのもこの部屋です。もっとも、今はそれらもすべて売り払ったので、がらんとしていますが」

留八は襖を開けた。お縫と庄三郎が中を覗《のぞ》き込む。太一郎は二人の後ろから、首を伸ばして部屋の中を眺めた。

壁際に箪笥が置かれているのが目に入った。その上に行李《こうり》が載せられている。箪笥の隣には仏壇も見えた。

部屋にある物はそれだけだ。いつもここで寝ているらしいから布団《ふとん》があるかと思ったが、干しているのか、あるいは他の部屋に片付けたのか、今は部屋の中に見当たらなかった。そのため留八が言うように、がらんとした印象を受ける。

「今は、怪しいものはいないみたいですね」

お縫ががっかりしたような声で言いながら部屋の中に入った。

「そ、そうですか」

庄三郎がほっとしたような声で言い、お縫に続いて部屋に足を踏み入れた。

「母の幽霊は夜中にしか出てこないのです。申しわけありません」

その後から留八も、謝りながら入っていく。

――みんなには見えないだけで、昼間の今もいるけどね。

最後に太一郎が、心の中でそう呟きながら敷居を跨《また》いだ。

仏壇の横だ。手を体の前で軽く重ね、背中をやや丸めて、俯《うつむ》きがちに立っている。顔には特にこれといった表情は浮かんでいない。ただぼんやりと床に目を落としているだけだ。

「私はだいたいの話をうちの番頭から聞いております。しかし銀杏屋さんたちは知らないので、もう一度、留八さんの口からお聞かせ願えますか」

お縫が頼むと、留八は部屋の真ん中へと動いた。

「夜になると私は、この辺りに布団を敷いて寝るのですが……」

留八の説明が始まる。すると今度は庄三郎が動いた。部屋の隅へ寄ったのだ。邪魔にならないようにするためだろう。庄三郎の控えめな人柄がよく出ている。

しかし気の毒なことに、庄三郎が移った所は仏壇の近くだった。これには庄三郎の運の悪さがよく出ていた。

今、太一郎の目には留八の母親の幽霊と庄三郎が並んで立っているように見えている。庄三郎は幽霊と間違えられることがあるくらい陰気な男だ。そのせいなのか、さほど奇妙には感じなかった。むしろお似合いである。

――庄三郎さんは幽霊がすぐ横にいるとまったく分かっていないみたいだな。

太一郎は、そのことにほっとした。皆塵堂に居候していた頃の庄三郎は、不運が重なったせいか、死にたいという思いに囚《とら》われていた。己を殺してしまいたいという、もう一人の自分に取り憑かれていたと言ってもいい。ちょうどその頃、皆塵堂に「憑いているものが映る」という奇妙な鏡が持ち込まれたのだが、庄三郎の背後にもう一人の庄三郎がしっかりと映った。

太一郎は、庄三郎が幽霊を見るようになってしまったのは、この死にたいという強い思いが原因なのではないかと思っていた。皆塵堂を出て信濃屋で働くようになってからも、庄三郎は自害した仕事仲間の幽霊にあの世に連れていかれそうになっている。だから、ずっと心配していたのだ。

しかし今はもう、庄三郎は幽霊が見えていないようだ。多分もう、死にたいなどという思いは綺麗《きれい》さっぱりなくなったのだろう。

「ふと目を覚ますと母の幽霊が立っていて、私の顔を恨めしげに見つめてくるのです。その母がいる場所は……」

留八の話が佳境に差しかかったようなので、太一郎はそちらに目を移した。

「……あそこです」

さっと留八の腕が上がり、その場所を指差した。

庄三郎がびっくりして跳び上がる……と思われたが、そうはならなかった。留八が差したのは仏壇の反対側の、太一郎のすぐそばの壁の辺りだったのだ。

「は？」

それは妙だな、と太一郎は再び仏壇の横にいる留八の母親の幽霊を見た。今と違って夜中には恨めしげな目を留八に向けるようになるかもしれないが、それでもむやみやたらと部屋の中を動き回る幽霊には思えなかった。香炉が戻るのをその場で待ち続けている、そんな幽霊だ。

目を留八へと戻す。この菊村屋の店主は自分が指差した方をしっかり見ていた。しかし、その近くにいるお縫はなぜか太一郎へと目を注いでいた。

「ええと、お縫……さん。何か私にご用ですか」

「自分のすぐそばに幽霊が現れていたと聞いたのに、落ち着いていらっしゃると思いまして」

お縫はそう言うと、にこりと笑った。何度か見ている、愛嬌に溢れた可愛らしい笑顔だ。しかしここでもまた太一郎は、そこはかとない不安に襲われた。

「銀杏屋さんはその手のことに詳しいと耳にしております。言ってしまうと、幽霊が見えるのだとか。そこでお訊ねしますけど、もしかして銀杏屋さんには今、留八さんのお母様の姿が見えているのでしょうか」

「……さあ、どうでしょうかね。何となく見えるような気がしなくはないですが」

太一郎は留八が指差した辺りを見ながら言った。誤魔化《ごまか》したのである。庄三郎が連れてきた者を疑いたくはないが、それでもこのお縫という娘のことは、もう少し様子を窺った方がいいと思ったのだ。

「左様でございますか。残念ながら私には、その手のものを見る力がまったくないようでございます」

お縫はそう言うと、横目でちらりと仏壇の方を見た。庄三郎ではなく、留八の母親の幽霊が立っている辺りに目を向けたのである。

本人が言うように、お縫には幽霊の類を見る力はないようだ。それは太一郎にも感じられる。自分と同じ力を持っている者はたいてい分かるのだ。

しかしそれでも今、仏壇の方に目を向けたということは、そこに出ることを前もって留八から聞いていたに違いない。つまり二人は口裏を合わせ、太一郎の力を試そうとしている。

――いったい何を考えているんだろうね、このお嬢様は。

太一郎が首を傾げていると、お縫は入ってきた襖の方を見た。太一郎もそちらへ目を向けると、いつの間に来たのか、風呂敷包みを持った久作が立っていた。

「さて、気になっていると思いますから、そろそろ私が考えた四つ目の案というものをお見せします」

お縫は久作から包みを受け取ると、部屋の真ん中に座ってそれを床に下ろした。

太一郎は仏壇の横にいる幽霊を見た。様子に変わりはない。ただぼんやりと突っ立っているだけだ。

お縫が包みの結び目を解き、ゆっくりと風呂敷を広げた。香炉の入っている箱が現れる。

ここで初めて幽霊が動いた。首を巡らし、箱の方を向いたのだ。期待というか喜びというか、何かそういった感情のようなものがその目に宿っている。

「どうするのが一番いいか、私なりにいろいろと考えてみたのですけど……」

お縫が箱に手をかけた。蓋を開けようとしたわけではない。両手で挟むように持ったのである。

「……こうするのが一番なのではないかと思いました」

お縫は素早く立ち上がると、頭の上に箱を振り上げた。そして次の瞬間、思い切りそれを床へと叩《たた》き付けた。

箱が壊れ、中の香炉が割れる音が部屋に響いた。太一郎と庄三郎の「ええっ」という声もそれに重なる。

それともう一つ、太一郎には留八の母親の幽霊が発する、耳をつんざくような凄《すさ》まじい悲鳴も聞こえていた。

幽霊が見えるというだけで、太一郎には祓ったり退治したりする力はない。しかしもし幽霊がお縫に襲いかかるようなことがあったらその前に立ちはだかろうと考えて、太一郎は身構えた。

しかし幽霊はがくりと膝をついただけで、お縫の方へ動こうとはしなかった。目を大きく見開いて、飛び散った破片を見つめているだけだ。

どうなるのだろう、と思いながら太一郎が見守っていると、静かにその姿が薄れていき、やがて消え去った。

——ほう。

執着していた香炉が壊れたことで、この世に留まる意味がなくなったのかもしれない。太一郎にもはっきりしたことは分からないが、気配すらすっかり消えたのは確かだった。

——それにしても思い切ったことを……。

太一郎は驚嘆しながら、床に飛び散った破片を眺めた。

——おや？

眉をひそめる。白い地に唐花模様なのは、あの香炉と同じだ。だがこれは……。

近くに転がっている破片に手を伸ばした。しかし拾い上げる前にその手を止めることになった。「あっ、太一さんはそのままで」というお縫の鋭い声が飛んだからだ。

「破片で怪我をなさるかもしれません。危ないですので、片付けは私どもでやります。銀杏屋さんと庄三郎さん、それから留八さんは、しばらく動かないようお願いします」

ほうきを手にした久作が部屋に入ってきて、床を掃き始めた。その後にお志乃も入ってきたが、こちらはほうきを二本と、紐を持っていた。

「ありがとう」

お縫がそう言いながら紐を受け取り、袖口《そでぐち》が邪魔にならないようにするするとたすき掛けをした。それからほうきを渡してもらい、床の破片を集め始めた。

お志乃も加わったので、みるみるうちに床は元のように綺麗になった。集められた破片は、久作が用意していた空の箱に入れられ、あっという間に持ち去られた。

――ほう、すごいな。

太一郎は舌を巻いた。

久作の素早さに、ではない。もちろんそれにも感心したが、そうするように前もって話し合われていたことには、すでに太一郎は気づいている。

それ以上に太一郎が感心したのは、たすき掛けをしたり床を掃いたりするお縫の手際のよさだった。

——大和屋のお嬢様ねえ……。

ううむ、と心の中でうなりながら、太一郎は部屋の隅でたすきを外しているお縫の様子を盗み見た。

五

菊村屋を出た太一郎たちは両国橋の方へは戻らず、竪川《たてかわ》に架《か》かる一ツ目之橋を渡ってそのまま南へと進んだ。そして小名木川《おなぎがわ》を越し、仙台堀《せんだいぼり》に出た所で左に曲がり、今度は流れに沿って東へと歩いた。

銀杏屋を出る時に「その後にも行く所がある」とお縫が言っていた場所に向かっている。しかしそれがどこであるか、太一郎は聞いていない。少し先を行く久作の背中を見ながら歩いているだけだった。

まだ庄三郎も一緒にいて、太一郎の横を歩いている。信濃屋の徳市も気になるだろうから、と次の場所まで付き合うことになったのだ。

お縫とお志乃は、太一郎たちから少し離れた後ろを歩いていた。何を喋っているのかは知らないが、二人で笑い合う明るい声が風に乗って聞こえてくる。楽しそうだ。

「……太一郎さん、菊村屋さんの裏口から出た時に、大和屋のお嬢様に小声で話しかけていましたが、何をおっしゃったのですか」

庄三郎が話しかけてきた。こちらの声は相変わらず陰気である。

「ああ、見ていたんですか。あれは破片について訊《き》いたんです。庄三郎さんは気づかなかったと思いますが、あのお嬢様が割ったのは我々が銀杏屋で拝見した香炉ではありません。すり替えられていたんですよ」

「ま、まさか」

「私も道具屋の端くれですからね。たとえ破片でも、よく見れば別物だと分かります。それに箱も替えられていました。よほど古くて傷んでいるならともかく、値の張る香炉や壺を収める箱が、女の子が床に叩き付けたくらいであんなに容易《たやす》く壊れるはずがありません。どこの指物師《さしものし》が作ったんだって話になります。あれは綺麗に壊れるようにわざわざ作らせた箱でしょうね」

「太一郎さんがおっしゃるならそうなのでしょうが……お嬢様は何と答えたのですか」

「それがですね……」

太一郎は振り返って後ろの娘たちを見た。魚でもいたのか、指を差しながら仙台堀の流れを覗き込んでいた。

「……あのお嬢様は、『もったいないから』と言ったんですよ。香炉に執着してこの世をさまよっているなら、それをなくしてしまえばいいと思いついたまではよかったけど、まだ使える物を割るのは嫌だったそうなんです。箱は木だから、壊しても焚き付けなどにできる。しかし焼き物だとそうはいきませんからね。ところがうまい具合に、半年ほど前に似たような模様の壺を誤って割ってしまっていたらしいのです。それを使ったと言っていました。どうしてそんな物を取っておいたのだと訊いたら、『何かに役立つこともあるのではないかと思って』と答えましたよ、あの大金持ちの大和屋のお嬢様は」

「へ、へえ」

庄三郎も後ろを見た。娘たちはまだ流れを覗いている。

「つまり、幽霊を騙《だま》したということですか」

「まあ、そういうことです。どうなることかと気を揉《も》みましたが、執着する物がなくなったせいで、この世から消えたみたいです。まあしばらく様子を見て、もしまた現れるようなことがあったら銀杏屋を通して売るという三つ目の案を使えばいい、とお嬢様は言っていましたよ」

「な、なるほど。そうすると本物の香炉はまだあの、久作さんが背負っている葛籠に入っているわけですね」

庄三郎が前へ向き直り、久作の方を指差した。

「そうなりますね」

太一郎も葛籠を見た。香炉が収められた箱と、偽物を入れていた同じくらいの大きさの箱。その二つだけを入れてきたにしては葛籠が大きい。まだ他にも何か入っていそうだが、きっとそれはこれから行く場所に関わりがあるのだろう。

「……庄三郎さん。これから私がお訊ねするのは、あくまでも念のためです。決して気を悪くしないでください。あのお縫という娘……本当に大和屋のお嬢様で間違いありませんよね」

「な、何をいきなり」

庄三郎は目を丸くした。

「間違いありません。今日だって大和屋の旦那さんと一緒にうちの店にいらっしゃったのですから」

「その大和屋の旦那さんが、実は偽者だということは？」

庄三郎はぶるぶると大きく首を振った。

「うちの店は節季払いで代金をいただいていますから」

「なるほど」

信濃屋の者が大和屋まで掛け取りに行くのか。それなら本物だろう。

「大和屋さんの旦那さんやお嬢様などがうちの店に来るのではなく、こちらが品物を持って伺うことも多いですし、そもそも信濃屋へは、前から常連だった他の札差の旦那さんからの紹介でいらっしゃったのです。偽者だなんてことはあり得ません」

「いや、申しわけない。もうその点では疑っていませんよ。ただ、もう一つ似たようなことをお訊きします。実はお縫さんが女中で、お志乃さんが本物のお嬢様だ、なんてことは……」

庄三郎はまた大きく首を振った。

「それもあり得ません」

「うん、まあそうでしょうね。ちょっと思いついたから訊いただけです。違うならそれで結構ですよ。ええと……お縫さんは養女だということですが、大和屋さんに来る前はどんな暮らしをしていたか聞いていますか」

これにも庄三郎は首を振った。

「いいえ。そういうことはあまりお訊ねするべきではないと思っていますから」

「ふむ。それでは最後にもう一つだけ。大和屋の旦那さんが信濃屋さんへ姿を見せるようになったのはわりと最近だと庄三郎さんはおっしゃっていました。それはいつ頃のことなのですか」

「ええと……私が皆塵堂での居候を終え、再び信濃屋で働き始めてから、少し経ったあたりでしょうか」

「なるほど。ありがとうございました」

太一郎はまた振り返って、後ろにいる娘たちの様子を見た。仙台堀の流れを見るのはやめて、今度は反対側に並んでいる店の方を眺めていた。

「……庄三郎さんのおかげで、お縫という娘の正体が分かった気がしますよ。まあ、菊村屋さんにいる時から薄々勘づいてはいたのですが、今の話で、まず間違いなくそうだろうな、と」

年は十三で、愛嬌に溢れた可愛らしい笑顔と幽霊をも騙そうとする肝っ玉を持つ娘。それに……。

「庄三郎さんは気づいたか分かりませんが、あの娘は菊村屋さんで一度、私のことを『太一さん』と呼んだんですよ。床に飛び散った破片に手を伸ばした時なので、多分とっさに出たのだと思いますが」

太一郎は仕事で関わりのある者からは「銀杏屋さん」や「若旦那」、庄三郎など前からの知り合いには「太一郎さん」と呼ばれる。もちろん「太一郎」と呼び捨てにする者も多い。それ以外の呼ばれ方をすることは、まずない。ただし一人だけ、太一郎のことを「太一ちゃん」と呼ぶ者がいる。

「あの娘が私や銀杏屋のことをどうやって知ったのか、初めから少し気にはなっていたんですよ。あの小僧から直《じか》に聞いたのか、あるいは鳴海屋のご隠居様あたりが話したのか……まあいずれにしろ、もしお縫お嬢様の正体が思っている通りの者だったとしたら、私にとってかなり恐ろしいことになるかな」

「ど、どういうことですか。まさか、お嬢様に幽霊か何かが取り憑いているとか」

今度は太一郎が首を振った。

「いいえ、そういうことではありません。見た目が幼いのに妙に大人びた口調で話すので、私も初めは婆さんの霊でも憑いているんじゃないと思いましたよ。でもそれはありません」

「太一郎さんなら一目で分かるでしょうからね。しかしそれなら、恐ろしいこととはいったい……それに正体なんて言葉を使いましたが、大和屋さんの本物のお嬢様ということで納得されたのではありませんか」

「もちろんです。しかしあの娘にはもう一つ別の顔があるんですよ。だけど恐ろしいという言い方はちょっと違ったかもしれません。面倒臭いとか、扱うのが厄介とか言った方が近いかな」

「ううむ、分かりません」

「庄三郎さんは皆塵堂にいた時期が短いし、その後は仕事が忙しくてあまり関わっていないので、無理もありません。そんな子がいることすら知らないと思います。だけど、さすがに我々が今どこに向かっているのかは気づいていますでしょう」

仙台堀沿いをずっと歩いてきて、もうすぐ亀久橋に着く、という辺りまで来ている。

「皆塵堂のようですね」

「そこまで行けば、改めて紹介されると思いますよ」

先頭を行く久作が右に曲がり、亀久橋を渡っていく。少し間を置いて、太一郎たちも続いた。そこから皆塵堂は近い。裏通りに入って少し歩けば見える。

「そういえば、私がこの辺りに来るのは、かなり久しぶりです」

庄三郎が周りの家並みを見ながら言った。

「まったく変わっていませんね」

「ええ、そうですね」

太一郎も周りをきょろきょろ見回しながら答えた。

「久作さんは皆塵堂の隣の米屋さんの所で、私たちが追いつくのを待っているみたいですよ。ああ、その米屋さんの前に大八車がある。居候していた頃、あれを借りたことがあったな」

「そんなことがありましたか」

太一郎はまだ周りに目を配り続けていた。さっきよりも必死さが増している。

「皆塵堂が見えてきましたよ。ああ、相変わらず片付いていないなあ。売り物の桶が通りにはみ出している」

「ええ……」

「どうしたんですか、太一郎さん。妙に落ち着きがありませんけど」

「どこから天敵が現れるのか分かりませんから」

「は？　ああ、鮪助《しびすけ》ですか」

皆塵堂で飼われている大きな雄猫のことである。太一郎は猫が苦手なのにやたらと猫に好かれるが、この鮪助も同じだ。太一郎が皆塵堂に近づくとじゃれついてくるので困る。

しかも、現れ方に工夫を凝《こ》らしてくるから恐ろしい。毎回違う所から出てくるのだ。ある時は梁の上から、またある時は米屋の大八車の陰から。まったく姿を見せないので安心して皆塵堂に足を踏み入れたら、店に置かれた桶の中に隠れていた、なんてこともあった。

──さて、今日はどこから来るのか……。

どこかに身を潜めて太一郎が通り過ぎるのをいったん見送り、いきなり背後から襲いかかる、などという真似も鮪助ならやりかねない。太一郎はそう考えて、後ろを振り返った。

「た、太一郎さん」

その途端に庄三郎が叫んだ。慌てて太一郎は前へ向き直る。しかしその時にはもう、鮪助はすぐそばまで迫っていた。勢いよく走ってきている。

「し、鮪助。お前、今日は正面からか」

俺が後ろを向くのを待っていやがったな、と太一郎が悟ると同時に鮪助が飛び上がった。もう逃げることは無理だ。それならせめて、と太一郎は体を捻《ひね》った。

べちっ、と鮪助が背中に張り付いた。勢いで太一郎は前のめりに地面に倒れ込んだ。

「……ああ、やっぱり太一ちゃんだ」

皆塵堂の方から声が聞こえてきた。小僧の峰吉だ。

「戸口の所で外を窺っていた鮪助が急に走り出したから、多分、太一ちゃんが来たんだろうなと思ったんだよ」

峰吉の足音が近づいてくる。

「おいらも耳には自信があるけど、さすがに鮪助には負けるな。かなり遠くにいる時から太一ちゃんが来たことに気づいていたみたいで……えっ？」

足音が止まった。

「……お、お縫っ、お前、どうしてこんな所にいやがるんだ」

「久しぶりに可愛い妹に会ったのに、なんて言い草よ。兄さんに会いに来たに決まっているでしょう、まったくもう」

——ああ、やっぱり。

お縫の正体は、峰吉の妹だった。

ほぼ分かっていたことだが、それでも太一郎は顔を歪《ゆが》めた。

しかし、はっきりしたことで、よかったこともある。これからはお縫の可愛らしい笑顔を見ても不安になることはないだろう。

そのお縫の足音が、地面に伏している太一郎の方に近づいてきた。お志乃の足音も一緒だ。二人は太一郎の頭のそばで左右に分かれ、両脇をすたすたと通り過ぎていった。その際にお縫が「鮪助ちゃん、後で遊びましょうね」と猫に声を掛けたが、残念ながら抱き上げて持っていってくれはしなかった。

「……あれ？　太一ちゃんは妹のことを知らないはずだけど、どうして一緒に来たの？」

峰吉が不思議そうな声で訊いてきた。こちらも今のところはまだ助ける気はないらしい。

「お前に妹がいるってのは前に伊平次さんから聞いていた。だけど会ったのは今日が初めてだ。大和屋のお嬢様としてうちの店に来たんだよ。庄三郎さんの案内でね」

「ふうん……あっ、ごめん。庄三郎さんもいたんだ。気づかなかった」

庄三郎は口をあんぐりと開けたまま、皆塵堂の中に消えていくお縫たちを呆然と見送っている。

無理もない。峰吉に妹がいること自体、初めて知ったのだ。しかもそれが、これまで大事な客として信濃屋で扱われてきた大和屋のお嬢様だったとなっては、そんな風になってしまうのも当然だろう。

「庄三郎さん、どうかしたの」

「……あのな、峰吉。庄三郎さんは今、何も考えられないと思うんだ。しばらくそっとしておいてやれ」

「そんなこと言われても邪魔だし……ああ、でも庄三郎さんなら通りの真ん中に突っ立っていても平気かもしれないな。道行く人たちも気づかないだろうから。太一ちゃんの方は踏まれないように気をつけてね」

峰吉はそう告げると、「お縫のやつ、急に来やがって」と呟きながら皆塵堂の方へと戻っていった。

「ちょ、ちょっと峰吉。背中の鮪助をどうにかしてくれ」

太一郎は慌てて呼び止めたが、峰吉はそのまま行ってしまった。

「お、おい、峰吉。俺を見捨てるのかっ」

太一郎の声が裏通りに虚《むな》しく響き渡った。しかしやはり助けは来なかった。

化け桶《おけ》

一

鮪助《しびすけ》に乗られて動けなかった太一郎と、大事な客のお嬢様が峰吉の妹だったと知って呆然《ぼうぜん》と立ち尽くしていた庄三郎が、ようやく皆塵堂の戸口をくぐったのは、峰吉に見捨てられてから四《し》半時《はんとき》近くも経《た》った後のことだった。

「いやあ、相変わらずごちゃごちゃとした店ですねえ。自分が皆塵堂にいた間に、大きな怪我がなく過ごせたのが不思議です」

懐かしそうに店土間を見回している庄三郎を尻目に、太一郎は奥へと向かった。足下に転がる古道具を踏まずに歩くのには慣れているが、まだ鮪助を背中に張り付けたままだから動きは遅い。お縫のことは気になるが、それよりもまずはこの猫を取ってもらわないと、と考えている。

「おい峰吉、鮪助を……あれ？」

店土間を上がった所にある作業場でいつも古道具の修繕《しゆうぜん》をしている峰吉の姿が見当たらなかった。その次の部屋にも、さらにその先にある座敷にもいない。

しかも驚いたことに、お縫とお志乃、久作の姿もなかった。皆塵堂はひっそりしている。

「おや、誰もいないのですか。それは妙ですね」

庄三郎もこの店が無人であることに気づいたようだ。

「久作さんが背負っていた葛籠《つづら》も見当たりませんよ」

「ううむ……」

「もしかすると私たちは、夢でも見ていたんじゃないでしょうかね。あの人たちは……実は幻だったとか」

「庄三郎さん、面白いことを言いますね」

いくらなんでも峰吉の姿まで消えているのはおかしい。それすらも幻だったというのなら、ついでに鮪助も消えてほしいが、残念ながらこれはしっかり背中に張り付いている。

「みんなでどこかに行っただけだと思いますが……だったら店番はどうなっているんだか。まったくこの店と来たら……」

太一郎が文句を言うと、「俺がいるけど」と横の方で声がした。慌《あわ》ててそちらに目を向けると、皆塵堂の店主が姿を現した。作業場の隅には裏にある蔵へと続く廊下の出入り口があるが、どうやらそこから出てきたようだ。

「い、伊平次さん。いらっしゃったのですか」

いつも大好きな魚釣りに出かけていて、留守にしていることが多い男である。だから伊平次の場合は、むしろ店にいる方が不思議なのだ。

「そりゃあ、いるさ。峰吉には内緒にしていたが、俺は今日、お縫ちゃんが来ると分かっていたからな。釣りにも行かずに店でうろうろしていた」

「いや、それなら仕事をしてくださいよ」

結局、いつもの皆塵堂である。

「それで、峰吉やお縫ちゃんたちはどこに行ったんですか」

「隣の米屋だよ。久作さんはこの後に大和屋へ戻るが、残りの二人は今夜、こっちに泊まることになっているんだよ。だけどお縫ちゃんだけならともかく、お志乃さんみないなら若き美人を皆塵堂に泊めるわけにはいかない。幽霊がどうとかいう前に、俺のような胡散臭《うさんくさ》い野郎がいる男所帯の店だからな。それで二人は米屋の二階で寝ることになったんだ」

「なるほど」

この町内で一番の貫録を持つ米屋のおかみさんが一緒なら、お金持ちのお嬢様や妙齢の美人も安心して眠れるだろう。米屋の店主の辰五郎《たつごろう》は一階に寝かされるだろうから、守りはますます万全である。

「久作さんの持っていた葛籠には、香炉の他にお縫ちゃんたちの替えの着物とか手回り品が入っていたのかな」

男なら手ぶらでもいいくらいだが、女だと一泊するだけでもいろいろと持ってくる物があるのだろう。

「しかし、そもそもどうしてお縫ちゃんたちは泊まるのですか」

大和屋があるのは浅草で、さして遠いわけではない。今だってぶらぶらと歩いてやってきたのだ。お縫は「兄さんに会いに来た」と言っていたが、その気になればいつでもすぐに来られる場所である。わざわざ泊まるまでもあるまい。

「まさかお縫ちゃん、大和屋でいじめられている、なんてことはないでしょうね」

養女という立場だから、例えば大和屋の旦那の実子とか、古参の奉公人などに疎《うと》ましがられて……みたいなことがあるかもしれない。

「それで大和屋にいるのが嫌になり、仲のよい女中を連れて逃げてきた……」

「そりゃ考えすぎだ」

伊平次は手を大きく振りながら笑った。

「お縫ちゃんは愛嬌《あいきよう》の塊《かたまり》のような娘だから、みんなに可愛がられているよ」

「それならいいんですけど……いや、でも」

「まったくお前は心配性だな。仕方ないからもう少し詳《くわ》しく教えてやるとするか。庄三郎なんかまったく事情が分かってなさそうだし」

伊平次はそう言うと奥の座敷へ向かっていった。

庄三郎がすぐに作業場に上がり、伊平次に続いて座敷に入っていく。しかし太一郎はもたもたしていた。言うまでもなく、背中に鮪助が張り付いているせいである。だから太一郎がようやく座敷に着いた時には、伊平次はもう煙草盆《たばこぼん》の前に座って一服つけていた。庄三郎の方も腰を下ろし、久しぶりに入った座敷を眺め回している。

「さて、話してやるか」

伊平次が言ったので太一郎も座った。鮪助が背中から下りたので、いつもいる床の間へ行くのかと思い、ほっとする。

ところがこの大柄の猫は、今度は太一郎の前に回り、あぐらをかいた脚の上で丸くなってしまった。離れる気はないらしい。

「庄三郎のために初めから話すが、峰吉とお縫ちゃんの父親ってのは仕事もせずに飲んだくれている、阿呆《あほう》で屑《くず》で間抜けな、糞のような男だったんだ。だから母親が働いていたんだが、無理が祟《たた》ったのか亡くなってしまってね。その後は峰吉が稼いでいたんだよ。お縫ちゃんと、その下に弟がもう一人いるんだが、そいつらのためにね。あいつもまだ子供だってのに」

「へ、へえ……苦労したんですね」

「そういう庄三郎も相当なものだけどな。しかし確かに、峰吉の場合は子供だったから、ことさら大変だったかもしれない。そもそも仕事がないんだから。せいぜい木屑を拾って湯屋に売ったり、冷たい川に入って蜆《しじみ》を獲ったりするくらいかな。無理やり頼み込んで普請場の手伝いなんてのもやったらしい。ところが、そうやって稼いだわずかな銭を、糞みたいな父親が巻き上げていくわけだよ。抗《あらが》ったりしたら手を上げたみたいだぜ」

「ゆ、許せません」

庄三郎が珍しく声を荒らげた。怒りの表情が顔に浮かんでいる。

「私も女房や叔父に騙《だま》されて無一文になりましたが、殴られたり蹴られたりされたことはありませんでしたよ。同じように叔父に騙された村の人たちから石を投げつけられはしましたけど」

「う……ううむ」

このあたりは知っている話なので黙って聞いているつもりだった太一郎も、思わず唸《うな》ってしまった。伊平次の言うように、庄三郎の苦労も相当なものだ。

「しかし村の人たちの気持ちも分かりますから、私は別に構いません。だけど峰吉は可哀想《かわいそう》だ。まだ子供だというのに」

「うん、そうだな。まったくその通りだと思うよ」

庄三郎を落ち着かせるためか、伊平次はそこで煙管《キセル》を咥《くわ》えた。ゆっくりと煙を吸い込み、やはりゆっくりと吐き出す。そうやって間を取ってから、再び話し始めた。

「庄三郎のように、峰吉の話を聞いて腹を立てた者が他にもいたんだ。ここの地主である、鳴海屋のご隠居だよ。あそこは大きな材木商だから、力自慢の若者がたくさんいるだろう。そういう若い衆を引き連れて乗り込み、手切れ金を叩《たた》き付けて子供たちを引き取ったんだ。その後、父親の方は江戸を離れ、流れた先で野垂れ死んだと聞いている」

「さ、左様ですか。それは少し気の毒かな」

　庄三郎の顔から怒りの表情が消えた。そんな相手にも同情してしまうあたり、やはり庄三郎は変わっていないなと太一郎は思った。人がよすぎる。

「そうして峰吉はこの皆塵堂で小僧として働き始め、お縫ちゃんは札差《ふださし》の大和屋の養女に収まって今に至るというわけだ。もう一人の弟も、とある所の養子になったが、行き先は鳴海屋のご隠居しか知らない。峰吉やお縫ちゃんと違って、まだ物心の付く前だったからな。自分が養子だとは聞かされていないんだ。そのうち分かることだろうが、それまでは俺たちのような余計な者は関わらない方がいいってことでね」

「なるほど」

　太一郎は頷いた。ここまでのいきさつはよく分かった。ただし、一つ腑《ふ》に落ちないことがある。

「ところで、どうして峰吉はこの皆塵堂に来たんでしょうか。札差の所へ養女に入ったお縫ちゃんと比べ、かなり差があると思うのですが」

　養子ではなくどこかの店で働くとしても、鳴海屋の清左衛門なら皆塵堂よりはるかに立派な大店に押し込むことができたはずである。

「……うん、すごい差だよな。店主の俺が言うのもなんだが、よくこんな所で働いていられると思うよ。だけどこれは峰吉本人が選んだことらしいぞ。ご隠居があいつの父親の許に乗り込んだ時、俺も一緒にいたってのが大きいんじゃないかな。まあ、子供たちの落ち着き先を決めたのはご隠居だから、俺もそのあたりのことは詳しく知らないんだ」

「は、はあ。そうですか」

「さて、ここからは太一郎が気にしていたお縫ちゃんの話だ。大和屋の養女になったわけだが、さっきも言ったように可愛がられている。周りはみんないい人みたいだから、太一郎が心配するようなことは何もない」

「ええ、そうでしょうね」

清左衛門のことだから、家の者や奉公人の人柄などをしっかり見極めた上で、大和屋を選んだに違いない。

「それに、お縫ちゃんの養父である大和屋の主《あるじ》の儀兵衛さんは、年はもう六十手前なんだ。三十くらいの息子さんがいて、少しずつ仕事を任せているようだ。だから跡を継ぐのが誰かで揉《も》めるようなことも起こらない。その点でも太一郎が心配するようなことはないわけだ。お縫ちゃんはただ可愛がられていればいいだけの立場なんだよ。ところが困ったことにさ……」

ここで伊平次は少し顔を曇らせた。

「ど、どうかしましたか」

「お縫ちゃん、働き者なんだ」

「はあ？」

「養女とはいえ大店のお嬢様なんだぜ。それが朝は誰よりも早く起きて掃除を始めるし、料理までしようとするらしいんだ。大和屋には飯を作るために雇っている奉公人がいるってのにさ。もちろん着物のほつれなんかも自分で直しちまう」

「ううむ」

峰吉と同じように器用なのだろう。だが、あの小僧は掃除をしない。料理も下手だと聞いている。そういう点ではお縫の方が上だ。

「大和屋の旦那はわりとお縫ちゃんの好きにさせているみたいだな。ああ、念のために言っておくが、もちろん旦那はお縫ちゃんを手習や稽古事に通わせているよ。ちゃんと自分の子として育てている。お縫ちゃん、そっちの出来もいいみたいだ」

「へえ」

これも峰吉とは大違いだ。あの小僧は手習に通ったことはない。読み書きを教えたのは清左衛門など周りの者だが、当人は嫌がっていたらしい。

「そんなお縫ちゃんだが、今年で十三になったので、そろそろ屋敷奉公に出たらどうだろう、という話が持ち上がった。大和屋のお嬢様だからな。当然、そんな話も出てくる」

「そうでしょうねえ」

旗本や御家人といった武家の屋敷に女中奉公に行くということだ。奥勤め、などという言い方もされる。商家での奉公と比べてかなり大変なのは間違いないが、しっかりとした行儀作法が身につくので、勤めを終えた後は縁談が引きも切らず来ると聞いている。

「ただなあ……そういう畏まった場所は苦手だと言って、お縫ちゃんが嫌がるんだそうだ。大和屋の旦那は、無理やり行かせるつもりはないが、しかし行った方がお縫ちゃんのためになるし……という感じで困ったらしい」

「大和屋は札差だから余計にそうでしょうね」

旗本や御家人が相手の仕事だから、子女は屋敷奉公に行く者が多いのだろう。

「ところがここへ来て、お縫ちゃんが行ってもいいと言い出した奉公先が出てきたんだ。とある旗本屋敷なんだが……」

「よかったではありませんか」

「いや、そうとも言い切れない。お縫ちゃんが行く気になったのは、その旗本屋敷に幽霊が出ると聞き込んだからなんだ」

「はあ?」

太一郎と庄三郎が同時に声を上げ、お互いの顔を見合いながら首をかしげた。何を言っているのかよく分からない。

「ええと……お縫ちゃん、まさか幽霊が好きなんですか」

「好きというか、興味があるといった感じかな。そして、お縫ちゃんがそうなったのはお前のせいなんだよ、太一郎」

「わ、私が?」

太一郎は自分の顔を指差した。ますますわけが分からない。

「大和屋の養女になったといっても、別に峰吉と縁を切ったわけじゃないからさ。お縫ちゃん、前はよくうちに遊びに来ていたんだよ。大和屋の旦那に連れられて。そんな時、うちには必ず鳴海屋のご隠居がいたから、二人で示し合わせていたんだろうな。ただ、太一郎がうちで働くようになった頃あたりからは、ここへお縫ちゃんが来ることはなくなった。だけど会わなくなったわけじゃないぞ。代わりに外で会うようになったんだ。たいていは料理屋だな。鳴海屋のご隠居と峰吉、そして大和屋の旦那とお縫ちゃんの四人で美味《うま》い飯を食いながら、いろいろとお喋《しゃべ》りをするんだ。そうなるとお前の話も出てくる。当然だ。太一郎ほど面白い話の種はないからな」

「うう……」

自分ではさほど面白い人間だとは思っていないのだが、他人から見ると違うのだろうか。

「太一郎は幽霊が見えるだけで祓《はら》ったり退治したりできるわけではない。だが、最後には何となくどうにかしちまうだろう。お縫ちゃんはそんな太一郎の話をご隠居たちから聞いて、自分もやってみたくなったみたいだぞ。だからその幽霊が出るという旗本屋敷なら奉公に行ってもいいと言い出したんだ」

「な、なるほど……いや、しかし」

それは自分ではなくて清左衛門や峰吉のせいなのではないだろうか。

「話をまとめるとだな。今回お縫ちゃんがここへ来たのは、屋敷奉公に行く前に峰吉の顔を見ておくため、というのがまず一つある。しばらく会えなくなるだろうからな」

太一郎は頷《うなず》いた。それならわざわざ一晩泊まるというのも分からなくはない。

「それからもう一つ、お縫ちゃんは腕試しもしておきたいらしい。自分のやり方が幽霊に通じるかどうか、屋敷に行く前に試してみるんだとさ。そのために幽霊が出るという噂のある場所を聞き集めたそうだ。すでに今日、そのうちの一つに寄ってからここへ来たようだな」

「ああ……」

菊村屋の香炉の件にはそういう裏があったのか。納得である。

それにかなり荒っぽくはあったが、そこではお縫のやり方が見事に通用した。大したものだと思う。だが……。

「……あまり感心しませんね。確かにここへ来る前に寄った菊村屋さんではうまくいきました。しかし、この後もうまくいくとは限りません。お縫ちゃんが危ない目に遭う前に、やめさせた方がいいでしょう」

「だから、その時のためにお前が呼ばれたんじゃないか」

「は……はあ？」

「太一郎の役割は二つある。一つは、お縫ちゃんのやり方がうまくいったかどうか教える役だ。もちろん一通りお縫ちゃんにやらせた後で、最後に教えるんだぞ。そうじゃないと腕試しにならないからな。それともう一つ、始末に負えないような幽霊が出た時のための用心棒としての役割もある。このことは、鳴海屋のご隠居は前もって太一郎や銀杏屋の番頭さんにも話を通しておくつもりだったようだ。ところが先にお縫ちゃんが動き出してしまった。このあたりはご隠居と大和屋の旦那との間に話の行き違いがあったみたいだな。大和屋の旦那は当然、お縫ちゃんを危ない目に遭《あ》わせたくないわけだからさ。多分、お縫ちゃんが仕組んだんだと思うぜ。何も聞かされていない、お縫ちゃんの素性を知る前の太一郎の様子や、人となりを見ておきたかったんだろう。まあそういうわけで、あとでご隠居からも話があるだろうが、ここで俺から頼んでおくよ。すまんが太一郎、お縫ちゃんが危なくならないように、しばらく一緒について歩いてくれ」

「ううむ、仕方ありませんね」

自分がいなくてもお縫はその手の場所へ行ってしまいそうだから、ついていった方がいいだろう。見ることしかできない自分も、盾《たて》になることくらいはできる。それにどうしても自分の手に余りそうな幽霊がいたら、正直に告げて行くのをやめさせればいいだけだ。

「それから、できれば太一郎には、お縫ちゃんの腕試しがうまくいくように動いてもらいたいんだよ。もちろん本人には分からないように、裏でこっそりな。屋敷奉公に行くのをやめる、なんてお縫ちゃんが言い出さないために」

「はあ……あっ、いや、それは駄目《だめ》でしょう」

きちんとした屋敷に奉公に出るのはお縫のためになることだ。その点では異論はない。しかし……。

「お縫ちゃんが行くという旗本屋敷に出る幽霊が危ないものだったらまずいでしょう。当然、私はそこまで一緒に行くことはできませんからね。ですから、今回の屋敷奉公の話は潰《つぶ》してしまった方がいいと私は思います。もう少し経てばお縫ちゃんも気が変わって、幽霊など出ないお屋敷でも構わないと言い出すかもしれませんし」

「ところが平気なんだよ。太一郎は幽霊が出る旗本屋敷と聞いて何か引っかかることはないか。まあ、お前は銀杏屋の裏の長屋に子猫が生まれたせいで寝込んでいたから、ほとんど関わってはいないけど」

「さて、何のことか……あっ、ああっ」

思い出した。少し前にそんな旗本屋敷の一件に皆塵堂が巻き込まれていた。

「確か、いつも『困った、困った』と言っているので『駒之介《こまのすけ》様』と呼ぶことにした用人がいる旗本屋敷ですね」

「うむ、それだ」

伊平次は頷くと、庄三郎を見た。この男は事情をまったく知らないので、説明するつもりのようだ。

「少し前に、越ヶ谷宿《こしがやしゆく》にある旅籠《はたご》で働いている、藤七《とうしち》という男がうちの店に転がり込んできたんだよ。そいつの亡くなった伯父さんが残した物を、元の持ち主に返すために江戸に来たんだ。ところがその中にあった刀を、『刀狩りの男』なんて呼ばれていたご浪人さんに奪われてしまってね」

「それは気の毒でございますね」

「うむ。まあお前ほどじゃないけどな。で、ちょうどその頃、太一郎が言った『駒之介様』がこの皆塵堂にやってきてね。屋敷に幽霊が出るからどうにかしてほしい、と頼んできたんだ。太一郎が行ければ話は早いのだが、寝込んでいるから無理だった。それで仕方なく藤七と茂蔵《しげぞう》の二人で……あれ、庄三郎は茂蔵のことを知っていたかな」

庄三郎は少し考えてから頷いた。

「お会いしたことはあるみたいです。ただ、あまりよくは覚えていないのですが」

「そうか。まあ思い出したところで何の得にもならない男だから気にしなくていい。それで、仕方なく藤七と茂蔵の二人で旗本屋敷に行ったんだが、そこで驚くべきことが分かった。藤七が奪われた刀は、元々その屋敷にあった物だったんだ。ところがそれがなくなったせいで、屋敷には幽霊が出るようになってしまった。で、知り合いの剣術が強い手習の先生の力をお借りしてその刀を取り戻し、旗本屋敷にお返ししたというわけなんだよ」

「ふうむ、なるほど。つまりその旗本屋敷にはもう幽霊が出なくなった、ということですね。そしてお縫さんが奉公に行こうとしているのが、そのお屋敷であると」

「そう、その通りだよ庄三郎」

伊平次は太一郎へと目を戻した。

「お縫ちゃんはまだ、幽霊が出なくなったことを知らないんだ。皆塵堂で起こったことをお縫ちゃんに話しているご隠居と峰吉も、この件に関しては隠している。そのあたりは大和屋の旦那と口裏を合わせているんだ。お縫ちゃんが嫌がったとしても、やはり屋敷奉公には行った方がいいからな。だから太一郎も黙っていろよ。その上で、お縫ちゃんが危ない目に遭わないようにしつつ腕試しもうまくいくように裏でこっそり動くんだ。そうすればお縫ちゃんは気持ちよく屋敷奉公に行ってくれるというわけだよ」

「ううむ……」

太一郎は顔をしかめながら考え込んだ。人を騙すような真似《まね》はしたくない。しかし、そうした方がお縫のためになる。

「あまり気は進みませんが……仕方ありません。伊平次さんのおっしゃるようにやってみますよ」

「おお、そうか。そいつはありがたい。まあお縫ちゃんは一晩泊まるだけで、明日には大和屋に戻るから、そういくつも幽霊の噂《うわさ》がある場所を回るわけじゃないと思うぞ。今日と明日の昼飯は峰吉たちと食べることになっているから、その間も抜けるわけだしな。だからさほど大変でもあるまい」

「そう願いたいですね」

幽霊の噂がある場所に行くといっても、まだ十三の女の子のことだから、日が暮れてから出歩くことはあるまい。今日、銀杏屋に戻るのが遅くなることはないだろう。しかし反対に朝は早そうだから、明日はかなり早起きしなければ……。

「ああ、そうだ。今のうちに太一郎が寝る布団を干しておいた方がいいかな」

「はあ？　伊平次さん、何をおっしゃるのですか。夜は帰りますけど」

「あれ、おかしいな。太一郎は皆塵堂に泊まることになっているんじゃないのか。銀杏屋の番頭さんには許しを得ているってお縫ちゃんが言ってたぞ」

「いや、そんな話はまったく……ああっ」

銀杏屋を離れる時に、旦那様をお借りしますとか何とか、お縫が杢助に話していたような気がする。

「確かにその通りですが、あんなのはただの冗談だと思っていましたよ。まさか本気だとは……」

「残念ながら本気だ。久しぶりに皆塵堂に寝泊まりするのもいいんじゃないか。もしかしたら幽霊の一つも出るかもしれないが、太一郎なら屁でもないだろう」

「しかし……」

太一郎は自分の膝《ひざ》に目を落とした。今さら幽霊がどうとか言うつもりはない。そうではなくて、この膝の上で丸くなっている生き物が苦手だから帰りたいのだ。

「多分、うちの番頭も冗談だと思っているはずです。ですから、やはり私は、いったん帰った方が……」

「ああ、それなら私が信濃屋に戻る時に、銀杏屋さんに寄って番頭さんに伝えておきますよ」

庄三郎がそう申し出た。この男のことだから親切で言っているのだろう。優しさも場合によっては相手の迷惑になることがあるのだな、と太一郎はしみじみと思った。

二

皆塵堂に一晩泊まることが決まった太一郎が初めにしたのは、裏にある蔵の中を見に行くことだった。

ただし、これは泊まるからというわけではなく、太一郎が皆塵堂に来た時には常にやっていることだった。何やら取り憑《つ》いていそうな怪しげな古道具を仕入れたら、皆塵堂ではまずここに仕舞《しま》うことになっている。それを太一郎が見て、何も憑いていないとなったら店に出されるのだ。

しかしやはり幽霊が憑いているとなると、その古道具はそのまま蔵に置かれて様子を見ることとなる。時が経つと消えていく霊も案外といるからである。命に関わるような、よほど駄目な物の場合はどこかの寺にでも持ち込むつもりだが、今のところ、そこまでの古道具は出ていない。

「私はこの蔵に入った覚えがあります。でも、居候していた時ではないはずです。それならいつ入ったのか……」

太一郎が蔵の戸に手を掛けた時、後ろからついてきた庄三郎がぼそりと言った。

この蔵は、造られた当初は母屋と別に建っていたのだが、後に建て増しして、家の中からしか行けないように造り替えられている。作業場の隅から奥に延びている廊下を通っていくようにしたのだ。しかし庄三郎が居候していた頃は、その廊下に古道具が積み上げられていて、通ることができなかったのである。

「ああ、思い出しました。私の後に皆塵堂にやってきた、益治郎《ますじろう》さんが廊下を片付けたのでした。それで、蔵に入れるようになったからと伊平次さんに呼ばれて……」

「ええ、益治郎さんのおかげです」

蔵の戸を開けながら太一郎は答えた。

「ただ動かすのではなく、ちゃんと古道具を売ってあの廊下を通れるようにしたのだから、ものすごく仕事ができる人ですよね。庄三郎さんも知っていると思いますが、益治郎さんは今、長谷川町《はせがわちょう》で小間物屋《こまものや》をやっています。さっき話に少し出てきた茂蔵もそこで働いていますが……」

「その人のことも思い出しました。初めてこの蔵に入った時、一緒にいたはずです。確か……」

「ああ、茂蔵については別に詳しく思い出さなくて結構ですよ。そんなことに頭を使うのがもったいない」

太一郎は蔵の中に足を踏み入れた。何となくざわざわとしているが、それは自分の耳にしか聞こえないものだ。きっと庄三郎にとっては静かな蔵だろう。

「前に入った時もそうでしたが、ここはすっきりしていますね。店の方はごちゃごちゃなのに」

庄三郎も蔵に入ってきた。少し顔を強張《こわば》らせながらきょろきょろと見回している。死にたいという思いが消えて、もう幽霊が見えなくなった庄三郎も、さすがにこの曰《いわ》く品が収められている蔵では、不気味さを感じるようだ。

太一郎も首を動かして蔵の中を見回した。目に入るのは、ほとんどが前に来た時にも見た物だった。さして危ない霊が憑いているわけではないが、さすがに売り物にするわけにはいかないという、そんな古道具だ。それらは、まだしばらくはこのまま蔵に仕舞っておくしかなさそうだった。

――ええと、初めて見る物は……。

太一郎は蔵の戸口のそばにある二つの古道具に目を向けた。

一つは枕屏風《まくらびょうぶ》である。寝る時に枕元に立てたり、昼間に畳《たた》んだ布団の目隠しにしたりするために使う物だ。

太一郎は畳まれて壁に立てかけてあった二つ折りの枕屏風を広げてみた。高さは二尺くらいか。どこにでもありそうな安物の枕屏風である。きっと二束三文で引き取ってきたに違いない。

多分、一緒にいる庄三郎は何も感じないだろう。しかし太一郎にしてみると、この枕屏風にはとても分かりやすい幽霊が取り憑いていた。これもまた他の古道具と同じように、しばらくの間は蔵に置いて様子を見る必要があった。

もう一つは、小さめの箪笥《たんす》のような物だった。大きさは一尺五寸四方くらい。上に提げ手が付いていて、持ち運びができるようになっている。作りはかなり頑丈そうだ。

「それは何でしょうか」

庄三郎が不思議そうな顔で訊《き》いてきた。

「ああ、これは懸硯《かけすずり》という物です。船乗りたちが使っている、船箪笥のうちの一つですよ」

太一郎は前面に付いている片開きの戸を開けた。内側に引き出しがいくつかある。

「懸硯というくらいだから、持ち運べる硯箱です。だからもちろん硯や筆なども収めますが、どちらかというとこれは、金を仕舞うために使う物なのですよ」

いわば手提げ金庫のような物である。

「ですから引き出しには錠が付いていて、鍵が掛かるようになっている。他にも、隠し引き出しがあったり思わぬ所に箱が仕込まれていたりして、なかなか面白い物です」

太一郎は引き出しを順番に開けていった。さすがにどれも空だ。

「あれ？」

引き出しの一つが動かなかった。鍵が掛かっているようだ。

「おかしいな。鍵が見当たらないぞ。他の引き出しには入ってなかったし、どこかに仕掛けがあるのだろうか……」

太一郎は動かせる引き出しをすべて抜き出して、奥を覗き込んだ。

「ええと、鍵を隠せるような場所は……」

「いろいろと仕掛けはあるみたいだが、そんな所に鍵はないぞ」

蔵の戸口で声がした。そちらへ目を向けると、伊平次が蔵に入ってくるところだった。

「あれ、伊平次さん。私が寝る布団を干すとか言っていましたが、もう終わったんですか」

この男にしては早すぎる。さっき太一郎たちが座敷を出た時には、まだのんびりと煙草を吸っていたのだ。

「いや、お縫ちゃんたちが戻ってきたんだよ。太一郎の布団は久作さんが物干し場に持っていってくれた。それにお志乃さんは茶の支度のために裏の長屋の飯炊き婆さんのところへ行ったみたいだ。さすが大店の奉公人たちだけあって働き者だな。よく動くよ」

「へえ」

伊平次と比べれば誰でも働き者だ。そう思っていると、店の方からお縫と峰吉が喋る大きな声が聞こえてきた。

「ちょっと兄さん、何なのよ、この店は。下には簪《かんざし》とか毛抜き、剃刀《かみそり》まで転がっているし、上には今にも落ちそうな包丁や鉈《なた》があるし。お客様を殺しにかかっているとしか思えないわ」

「そんな店、あってたまるか」

「ここにあるじゃない。ちゃんと片付けなさいよ。そうでないと、全部あたしの手で古道具屋に売り払っちゃうからね」

「ここがその古道具屋だっ」

とても仲のよさそうな、微笑ましい兄妹のやり取りである。お縫も峰吉が相手だとああいう口調になるようだ。

「……ええと、伊平次さん。そんな所に鍵はないとおっしゃいましたが、それならどこにあるかご存じなのですか」

「うむ。抜いた引き出しはそのままでいいから、ちょっとそれを持ち上げて振ってみな」

「はあ」

太一郎は提げ手を摑《つか》んで持ち上げ、もう片方の手で懸硯の横側を支えながら振った。すると中で、からんからんという音がした。

「これは……」

音の様子からすると鍵のようだ。その出所は……。

「鍵の掛かった引き出しの中に、鍵が入っているのですか」

「そのようだな。いったい何がどうなったらそうなるんだか、わけが分からん。まあ、うちの店ならそれでも平気で売りに出せるが、どうせならその引き出しも使えた方がいいと思ってね。峰吉なら前板の金具とかをうまく外して、中から鍵を取り出せそうだろう。そのうち折を見てやらせようと思って、とりあえず蔵に置いたんだよ」

「なるほど」

峰吉は手先が器用な小僧だから、それくらいは造作なくできそうだ。

「つまり伊平次さんは、この懸硯には怪しいものが取り憑いているから、と考えて蔵に仕舞ったわけではないのですね」

「その通りだが、まさか何か憑いているのか」

「ええ、まあ。もっとも、これ自体がどうこういうわけではありません」

かつての持ち主はこの懸硯を気にはしている。しかし、それ以上に大きく気にかかる物が他にあるようなのだ。だから、弱い。太一郎ですら、これが皆塵堂の蔵の中になかったら見過ごしていたかもしれないくらいの、かすかなものしか感じない。

「もしこのまま売ったとしても、お客の所で何か起こるということはないでしょう。ですが、ううむ……」

太一郎は首をかしげながら、抜いた引き出しを戻した。

「ふうん、この懸硯がねえ。まあ太一郎が気になっているようだから、しばらくこのままで置いておくか。峰吉にいじらせるのもやめて」

「すみませんが、そのようにお願いします」

前面にある片開きの戸も閉めてから、太一郎は改めてその懸硯を眺めた。やはりかすかではあるが、何かを感じるのは間違いなかった。

しかし気になると言うのなら、その隣に立ててある枕屏風の方がはるかに上である。これについても伊平次に訊《たず》ねないといけない。

「この枕……」

太一郎は伊平次の方を向いて口を開きかけたが、すぐに言葉を止めた。廊下の方から人がやってくる気配がしたからだ。足音はかなり静かである。

「ここに入るのは初めてだわ。前に来た時には廊下が通れなかったから」

戸口に現れたのはお縫だった。物珍しそうに見回しながら蔵の中に入ってくる。

「あら、ここは涼しいのね。夏向きだわ」

お縫はそう言って笑い、それから太一郎と庄三郎に向かって頭を下げた。

「菊村屋さんでは驚かせるようなことをしてしまい、申しわけありませんでした。改めてご挨拶《あいさつ》申し上げます。大和屋儀兵衛の養女であり、峰吉の妹でもある、縫、でございます」

「ど、どうも」

峰吉なら間違ってもしないような丁寧《ていねい》な挨拶である。太一郎は戸惑いながら軽く頭を下げた。しかし庄三郎が深々と腰を折っているのが目に入ったので、さらに頭を低くした。

それから顔を上げると、お縫の姿が消えていた。

「先ほど伊平次さんが座敷でおっしゃっていた枕屛風はこれでございますね」

「うおっ」

お縫は枕屛風の所にいた。太一郎のすぐ近くだ。

広げて立てられた屛風の向こう側で、太一郎からは陰になってお縫の足下が見えなかった。だから、気づかなかったのは仕方がないと言えなくもない。しかしその素早さに太一郎は舌を巻いた。

「うむ、その枕屛風だよ」

伊平次がお縫に答えてから太一郎の方を見た。

「何か腕試しができるような古道具が皆塵堂にないか、とさっきお縫ちゃんに訊かれたんだよ。それでわりと最近仕入れたこの枕屛風のことを教えたんだ。ああ、それと太一郎がお縫ちゃんの腕試しに付き合うのを承知したことも、さっき話した」

お縫が「ありがとうございます」と頭を下げた。

「それは別に構わないよ。だけど、この枕屛風は……」

太一郎が言いかけると、それを止めるようにお縫の手がすっと上がった。

「もしこれに関わると危ないと太一さんが思うのならおっしゃってください。でもそうでないのなら、ぜひこれを使って腕試しをさせていただきたいのですが」

「うん……いや……気をつければ平気だと思うけど……」

どうやらお縫は、これから先は太一郎のことを「太一さん」と呼ぶことにしたようだ。こちらもお縫が峰吉の妹だと分かった以上、馬鹿丁寧な言葉を使う気はないので、それは別に構わない。

そんなことより枕屏風である。対処の仕方によっては面倒なことになりかねないが、そのあたりは自分が気をつければいい。それに、まだ子供のお縫には早いと感じるような色恋沙汰《ざた》が関わっているわけでもない。しかし……。

「……あまり面白いことにはならないと思うんだよな」

「幽霊が出るのですから、当然そこには恨みやつらみ、妬み、あるいは未練などが渦巻いていることでしょう。面白くならないのは当然です。それを含めての腕試しですので、仕方ありません。太一さんが平気だとおっしゃるのなら、これも使わせていただきましょう」

お縫は枕屏風の横にしゃがんで、詳しく調べ始めた。しかし何も分からないようで、盛んに首を捻《ひね》っている。

「お縫ちゃんは太一郎と違って幽霊なんか見えないんだから、せめてそれをどこで仕入れたかくらいは訊いていいと思うぜ。教えてやるからさ」

伊平次が助け船を出した。

「この枕屛風が元々あった場所も調べるつもりではいますが、教えてくださるのはもう少し後にお願いします。その前に試してみたいことがございますので」

お縫は立ち上がると、蔵の中をきょろきょろと見回し始めた。

「何を探しているんだい」

「鏡台です。兄からだったか、それとも鳴海屋のご隠居様からだったのか定かではありませんが、前に『取り憑いたものが映る鏡』というのがあるという話を耳にした覚えがございます。それを探しているのですが……」

「ああ……」

太一郎は庄三郎と顔を見合わせた。以前、庄三郎が皆塵堂に居候していた頃に、伊平次の知り合いの古道具屋仲間から引き取ってくれと頼まれた鏡台である。取りに行ったのは庄三郎と、巳之助《みのすけ》という太一郎の幼馴染《おさななじみ》だ。

巳之助はその鏡を通して、庄三郎に取り憑いているものを見た。それは己を殺してしまいたいと思う庄三郎の心が作り上げた、もう一人の庄三郎の姿だった。

「……ごめん、お縫ちゃん。その鏡台は今、うちにあるんだよ。皆塵堂が引き取った後、わりとすぐに銀杏屋に移されたんだ」

別に鏡に映さなくても太一郎にはその人に取り憑いているものが余裕で見える。だからそれは、太一郎にとってはごく当たり前の鏡と同じだ。そういう理屈で銀杏屋の太一郎の部屋に運ばれたのである。

「あら、そうなのですね。それなら今日、銀杏屋さんにお伺いした時にお借りしてくればよかった。残念だわ。その鏡を見れば、この枕屏風に取り憑いているものが見えると思ったのに。今から久作さんに取りに行ってもらうのも悪いし、諦《あきら》めるしかありませんね」

お縫は顔を曇らせた。

「ああ、それならいい手がある」

伊平次がまた助け船を出した。

「この後、庄三郎は信濃屋に戻るが、その前に銀杏屋に寄ることになっているんだ。太一郎が今夜ここに泊まることを、念のためちゃんと番頭さんに伝えるためにね。その時に鏡台を借りればいい」

「ここまではどなたが運ぶのでしょうか。庄三郎さんはお店にお戻りになるし……」

「そりゃあ当然、巳之助だ。いつも昼頃に仕事から戻るから、やつに持ってきてもらえばいい」

「ああ、太一さんと仲のいい、棒手振《ぼてふ》りの魚屋さんですね。銀杏屋さんのすぐ裏の長屋に住んでいるという。今日の朝、私が猫を見に行った時にはお仕事に行っていて留守でしたが、その方にもぜひお会いしたいと思っておりました」

お縫の顔がぱっと明るくなった。

「何でも、ものすごく体が大きくて、力持ちで、喧嘩《けんか》が強くて、無駄なくらい丈夫で、それでいて猫たちを可愛がるとても優しい人なのに、顔が怖すぎて女の人からはまったく相手にされないという、気の毒な方だとお聞きしています」

「うう、巳之助……」

清左衛門か峰吉か分からないが、随分《ずいぶん》とひどい伝え方をしたものだ。しかも悲しいことに、何一つ間違っていない。

「それでは、この枕屏風について調べるのは鏡台が届いてからにして、この後は私が聞き込んできた、奇妙な噂のある場所へ参りたいと存じます。ですが、その前に一休みいたしましょう。そろそろお茶が入る頃だと思いますので」

お縫はそう言うと、入ってきた時と同じように素早く、かつ静かに蔵を出ていった。

この動きは太一郎に峰吉を思い起こさせた。似ていないところの方が多いが、それでもやはり「峰吉の妹」なのだと感じる部分も垣間見える。面白いものだな、と太一郎は感心した。

三

お縫によって連れていかれた場所は、皆塵堂のある亀久町《かめひさちょう》からほど近い、深川西平野町《にしひらのちょう》にある下駄屋だった。

太一郎とお縫の他に、お志乃と久作、それに庄三郎もいる。巳之助が仕事から戻るのは昼過ぎなので、庄三郎はその頃に銀杏屋に着けばいい。それまでにまだ少し間があるので、庄三郎も付き合うことになったのだ。

お縫としては、峰吉にも一緒に来てもらいたかったようだ。当然である。屋敷奉公に出る前に峰吉の顔を見ておきたいからお縫は皆塵堂にやってきたのだ。幽霊に対処できるかどうかの腕試しだけだったら太一郎がいれば済むので、皆塵堂まで来る必要はない。

しかし、峰吉はついてこなかった。この後、お縫と峰吉は大和屋儀兵衛と鳴海屋の清左衛門の二人を交えて昼飯を食べることになっている。それで、峰吉は清左衛門を迎えに行ったのだ。

ご隠居様は年寄りなので、約束をうっかり忘れているかもしれないから、と峰吉は言ったが、きっと妹と一緒にいるところを俺や庄三郎に見られるのが恥ずかしいのだろう、と太一郎は睨《にら》んでいる。

「……あの店には変わったお化けが出ると聞いています」

下駄屋を眺めながらお縫が言った。今日、店を訪れることは前もって主《あるじ》に伝えてあるが、仕事で手が離せない時に押しかけたらまずいので、先に久作が様子を見に中に入った。それを待っている最中である。

「人ではありません。どうやらあそこには、桶のお化けが出るらしいのです」

「桶？」

太一郎と庄三郎の声がそろった。それほど意外な言葉だったのだ。

「ええと、お縫ちゃん。桶というのは、皆塵堂の店先にたくさん積まれている、あの桶のことかな」

太一郎が訊くと、お縫はこくりと頷いた。

「はい。水などを入れる、あの桶のことでございます」

「ううむ」

人間の幽霊は嫌というほど見ているが、桶のお化けなどというものには出遭ったことがない。本当にそんなものがいるのだろうか。そして、いるとしたらいったいどういう見た目なのだろうか。

桶に手足が付き、底の部分に目や口があるお化けの姿を太一郎は思い浮かべた。多分、間違っているだろう。

「どんなお化けが出るか、お縫ちゃんは聞いているのかい」

「ごく当たり前の桶ということです。話を聞き込んできたうちの奉公人によると、何でも四、五日ほど前から、ここの店主の善六《ぜんろく》さんという方が、桶のお化けを見ているそうなのでございます」

「ふうん」

お嬢様が幽霊の噂を探し求めている、ということで、きっと大和屋の奉公人たちが必死で聞き集めたのだろう。ご苦労様、とねぎらいたくなるが、桶のお化けは腕試しの相手としてどうなのだろうか。

しかし少なくとも危ない目に遭うことはなさそうである。その点はよかったかな、と太一郎が思っていると、久作が下駄屋から出てきて、こちらを見て頷いた。

どうやら平気なようだ。太一郎たちはぞろぞろと下駄屋に入った。

そこは作業場で下駄を作り、それを土間に並べて売っている店だった。いるのは一人だけ。これが善六のようだ。三十くらいのいかにも職人といった風情の男で、店土間を上がったところにある作業場で下駄の刃を削っていた。

「まあ、座ってくれよ」

太一郎たちが近づいていくと、目を手元に落としたままで善六は言った。

言われた通り、太一郎とお縫は上がり框に座った。女中と下男という立場なので、お志乃と久作はお縫のそばに立っている。庄三郎はというと、こちらも太一郎の後ろに突っ立っていた。知らない人が見たら、太一郎の従者か何かだと思いそうである。

庄三郎さんも座ったらどうです、と太一郎は声を掛けようとしたが、その前にお縫が話し出してしまった。

「お忙しいところを申しわけありません」

お縫はまず謝った。すると善六は「構わねぇよ」とぶっきらぼうに言った。

「その代わり茶は出ないよ。訊かれたことに答えるだけだ」

「ありがとうございます。それで十分でございます。ではさっそくお伺いしますが、桶のお化けが出るというのは本当なのでしょうか」

「ああ」

善六が答えた後で少し間が空いた。まだ何か言うだろうとお縫が待ったからだ。しかし善六の言葉はそれで終わっていた。作業をしている最中だからだと思うが、返答が短い。

「……どのような桶なのでしょうか」

「ごくありきたりの桶だ。風呂屋に置いてあるようなやつ」

「それがどうしてお化けだと分かるのでしょうか」

「消えるからね」

「いつ、どこに出るのでしょうか」

作業をしていた善六の手が止まった。顔を上げ、店土間の隅を指差す。

「出るのはあそこらへんだな。俺がここで下駄を作っていると現れるんだよ。目の端にふと見えるんだ。そんな所に桶を置いた覚えはないから、気になってそちらに目を向ける。すると桶などないんだよ」

思った通り、善六は作業を止めている時は少し長く喋るようだ。

「そんなのがこの四、五日続いている。ただし、見えるのは一心不乱に下駄を作っている時だ。だから今は多分、無理だな。こうして大勢に囲まれているから気が散る。

だがもちろん喋りながらでも下駄は作れるよ。ずっとやってきたことだからな。気にしないで話を続けてくれ」

善六はそう言うと再び手元に目を落とした。

「桶が出ることに心当たりはありますか」

「うん……いや、ないよ」

善六は少し口ごもってから答えた。何か心当たりがあるのかもしれない。太一郎はそう思ったが、お縫は気にしなかったようで、別のことを訊ねた。

「桶が出ることで困ることはありませんか」

「それもない。だが気にはなるから出ない方がいいな」

「ありがとうございました。まだお訊ねすることがあるかもしれませんので、少しの間、お待ちください」

お縫はそう言うと黙り込んだ。この桶のお化けに対し、どういう手を打つべきか考えているのだろう。

「……まったく奇妙な話です。驚きました」

太一郎の背後で、庄三郎がぼそりと呟いた。

「ええ、そうですね。私も驚きました」

太一郎は相槌《あいづち》を打って立ち上がった。

庄三郎が驚いたのは善六の話に対してだが、太一郎は少し違った。善六が言うような、桶のお化けなどというものが本当にいたからである。

下駄屋に入った時から、太一郎には店土間に置かれている桶が見えていた。ちょうど善六が「あそこらへんかな」と言って指差した場所だ。善六を含む他のみんなには見えていないようだが、それはずっと消えずに今も残っている。

——もし空っぽだったら俺はあれを本物だと思っただろうな。

そして、「あそこに桶がありますね」などと余計なことを言ってしまったかもしれない。危なかった。

太一郎はゆっくりと歩き出した。お縫が考え事をしている間は手持ち無沙汰《ぶさた》なので、店土間に並んでいる下駄を眺めている……という顔をしながら、のんびりと桶に近づいていく。

善六が桶を見るのは一心不乱に下駄作りをしている時だという。当然、桶のお化けがいる店土間の隅から離れた作業場に座っていることになる。だから目の端に桶が見えても、その中にあるものまでは目に入らなかったのだ。このことは多分、善六にとっては幸いだった。

太一郎は桶を覗き込んだ。そこに、男の生首が転がっていた。年は少なくとも六十を越えていそうだ。口を真一文字に結んだ、頑固《がんこ》な職人といった風貌である。偏屈そうな人だな、という印象を太一郎は受けた。

立ち止まってまじまじと見ていると、突然その男の目が動いた。それまでは力のない目をぼんやりと横に向けていたのだが、それを太一郎の方へ動かしたのだ。

生首と見つめ合っても仕方がない。太一郎はくるりと体の向きを変えて、作業場の方へと引き返した。

上がり框まで戻って腰を下ろすと、それを待っていたかのように再びお縫が話し始めた。

「それではもう少しお訊ねします。善六さんの身近に、桶に関わりがあるような方はいらっしゃいますか。例えばご兄弟が桶屋さんだとか……」

「今はいないな」

「と、おっしゃいますと昔はいたということでしょうか」

「俺の親父が桶屋だったんだよ」

善六は再び作業の手を止めて、お縫の方を見た。

「ここで店を出していた。今、俺はこうして下駄を作って売っているが、それが桶だったってわけだ。だが、その親父は俺がまだ幼い時に流行り病《はややまい》で死んじまった。女手一つで子供を育てるのは大変だから、その後お袋は実家に身を寄せてね。母方の祖父《じい》さんが下駄職人だったんで、俺も何となくその後を引き継いで下駄を作るようになった。で、やっと一人前になった頃に、昔住んでいたここが空き店になっていることを知り、借りて下駄屋を始めたんだ」

「よく分かりました。善六さんは、やはり桶について心当たりがあったのですね」

お縫も気づいていたようだ。

「母方のお祖父様のお世話になったようですから、あまりお父様の側のご親戚などとはお付き合いがないのではありませんか。多分、お墓参りなどもしていらっしゃらないと思いますが」

「うん……まあね」

「きっとそれが原因でございましょう。お父様は寂しがっているのだと思います。桶という形で出てきたのは、善六さんがまだ幼い時に亡くなったからではないでしょうか。そのまま現れても顔を覚えていないかもしれませんから」

「まあ、確かに自信はないな」

「あるいは、お父様の側のご親戚に何かご不幸があって、それを教えようとしているのかもしれません。いずれにしろ、桶が出るのは善六さんのお父様が何かを伝えようとしていらっしゃるからだと思います。ですから、もしあまりにも気になるようでしたら、一度お父様のご親戚の方にお会いになることをお勧めします。その際に、ぜひお父様のお墓参りもしていただければ、と」

「ふうん。今さら親父の方の親戚に会うのは気が引けるが、まあ、考えとくよ」

善六はそう言うと、また手元に目を落として作業の続きを始めた。

「それでは、私どもはこれで。お忙しいところをありがとうございました」

お縫はすっくと立ち上がり、善六に向かって頭を下げてから戸口の方へ歩き出した。このあたりの動きは相変わらず速い。あっという間に表に出ていった。

太一郎など他の四人も、それぞれ善六に礼を述べてから店を出た。お縫は下駄屋から少し離れた辺りに立ち、四人が追いつくのを待っていた。

「いかがでございますか」

太一郎が近づくと、お縫は不安そうな顔でそう訊いてきた。これで下駄屋での腕試しは終わったので、自分の考えが合っていたかどうか、太一郎に意見を求めてきたようだ。

「うん……いいんじゃないかな。善六さんは親父さんの顔を覚えていないだろうから、それで桶という形で出てきたんだ、という考えに至ったのは大したものだよ。親父さんのお墓参りに行けば、きっと桶は消えるだろう」

「ありがとうございます。太一さんにそう言っていただいて、私も安心いたしました」

お縫の顔がぱっと明るくなった。愛嬌のある笑顔になる。

ところがそれも束の間のことで、すぐにお縫は顔を曇らせた。

「どうかしたのかい」

「この後、私どもは料理屋に参ることになっていますが、当然そこに、太一さんもご同席していただくつもりでおりました。ですが……」

お縫は、はあ、と大きくため息をついた。

「……料理屋は向島にあるのです」

「ちょっと離れているね。鳴海屋のご隠居様たちとはお昼頃に会うことになっているのだろう。今から向かっても間に合わないんじゃないかな。歩くのが大変だ」

「ええ、ですから私どもはそこまで船で行こうと考えていたのです。近くに父の知り合いの船宿がありますので……」

「ああ、なるほど」

この深川は縦横に掘割が巡らされた水の町である。そのため、移動には船を使う者も多い。歩くより速いし、はるかに楽だからだ。今のように暑い季節だと、水の上の方が涼しいということもある。

だが、太一郎は船など使ったことはない。使おうと思ったことすらない。

「申しわけありません。太一さんは水が苦手だということをすっかり失念しておりました」

「うん、まあ、仕方ないね。むしろ俺みたいな余計なのはいない方がいいだろう。お縫ちゃんたちだけで行きなよ」

「太一さんだけ別に、駕籠《かご》を仕立ててもいいのですけど」

「いや、本当に気遣《きづか》ってくれなくていいよ」

太一郎は大きく首を振った。

「今日は珍しく伊平次さんが皆塵堂の店番をしているだろう。店主だから当たり前なんだけど、ねぎらうために俺は皆塵堂に戻って、伊平次さんと一緒に飯を食うよ」

裏の長屋の飯炊き婆さんが作った握り飯になるが、仕方あるまい。

「左様でございますか。それでは私どもとはここでいったん別れて……ああ、もう一つお伝えしておくことがありました。その後のことなのですが、皆塵堂ではなく、とある場所で待ち合わせをしたいのでございます」

「ふうん」

昼飯の後もお縫にあちこち連れ回されることになるわけだ。分かっていたことではあるが。

「どこに行けばいいんだい」

「向島の料理屋からわりと近い小梅村《こうめむら》に、たくさんの木々やお花に囲まれた祠《ほこら》があると鳴海屋のご隠居様から伺っています。私も見てみたいと思いましたので、待ち合わせ場所はそこでお願いします」

「ああ……」

その祠のことは太一郎もよく知っている。

茂蔵のやつが酔っ払ってその祠を開けてしまい、中に封じられていた女の髪を外に出してしまったことがあるのだ。太一郎たちはその髪を追いかけ、最後には再び祠に収めることができたが、それまでに何人かが命を落とす羽目になってしまった。そんな曰くのある祠なのである。

もっとも今では、その髪の主が抱いていた恨みは消えている。お縫が言ったように祠の周りはたくさんの木々や草花が植えられ、綺麗な場所に変わった。だから待ち合わせをするにはいい場所かもしれない。

「分かった。そこで会うことにしよう」

「明日のお昼はぜひご一緒にお願いします。それでは太一さんとはいったんここで別れるとして……」

お縫は庄三郎へと目を向けた。

「本日はありがとうございました。いずれ信濃屋さんへは父とお礼に参ります」

「あ、いや、こちらこそ本日は……」

庄三郎がごにょごにょと何か言いながら頭を下げた。その間にお縫はくるりと振り返って、すたすたと歩き出した。

「きっとうちの若旦那や他の奉公人たちも……」

「庄三郎さん……もう行っちゃったから」

「は、はあ」

庄三郎は頭を上げた。遠ざかっていくお縫たちの後ろ姿を呆然と見送っている。

太一郎はそんな庄三郎を置いたまま、下駄屋に戻った。戸口から顔だけを中に入れて、作業場にいる善六に大きな声で訊ねる。

「すみません、先ほどの者ですが、訊きそびれたことがありました。親父さんはわりと若くして亡くなったみたいですけど、おいくつだったんですか」

「三十を少し過ぎたくらいだな」

善六は手元を見たままでそう答えた。

「ふむ、お若いですね。お気の毒なことです。ええと、それから……」

太一郎は店土間の隅に目を向けた。桶はまだそこにある。しかもさっき見た時には底に転がっていただけの生首が今は立っていた。

顔の上の方が桶の縁から出ている。その目がまっすぐ太一郎を見据《みす》えていた。

やはり年は六十を越えているようだ。明らかに善六の父親ではない。

つまり、お縫は間違っていたのである。太一郎はそれが分かっていたが、何も言わなかった。伊平次から、裏でこっそり動くように言われているからだ。

この桶の中の生首の正体を、太一郎は分かっている。何のために出てきたのかも分かる。しかし残念ながら肝心なことが分からなかった。

この生首の男が死んだ場所である。それは男の顔を見ても読み取れなかった。

だから善六から聞き出さなければならない。父親が亡くなった年を訊ねたのは、そのための前置きみたいなものだ。

「……亡くなった親父さんは当然どこかの桶職人の許で修業をしていたと思います。

「それは……ぬおっ」

太一郎は妙な声を漏らしてしまった。男の生首がいきなり宙に浮き上がったからだ。幽霊のことは見慣れている太一郎も、さすがにびっくりした。

つい先ほど髪が封じられた祠の話が出たせいもある。その時の茂蔵のことを思い出してしまったのだ。初めは髪の毛だけだったのに、後に女の生首がその下に現れたのである。茂蔵はその生首に襲われて、あわやというところで難を逃れていた。

この男の生首は決して恨みを持って出てきているわけではない。太一郎にはそれが分かっている。だがそれでも、つい身構えてしまった。

「妙な声を出したけど、どうかしたのかい？」

善六が声を掛けてきた。

横目で見ると、善六は不思議そうに太一郎を眺めていた。どうやら生首や桶は見えていないようだった。

「いや、その……なかなかよさそうな下駄があったものですから」

太一郎はそう言いながら店の中に足を踏み入れた。目だけを生首に向けながら、台の上にある売り物の下駄を適当に手に取る。

「それは特に何ということもない安物の下駄だけどなあ。近所を歩いたり、裏長屋の厠に行く時に履いたりするやつだ」

「いや、すばらしい下駄です。特に手触りがいい」

「足に履く物だぜ」

宙に浮いた生首がゆっくりと回り始めた。まさかこちらに飛んでくるわけではあるまいな、と思いながら手にした下駄を構える。しかし、生首はそのままゆっくりと回り続け、壁の方を向いてしまった。

「……まあ、欲しいなら安くしとくよ。元々安物だけどな」

生首が前に進み出した。そして壁を通り抜けると、そのまま消えてしまった。遠くへ飛び去っていったらしかった。

自分の骸《むくろ》がある場所へ行ったのだろう。どうやら善六に訊かなくても、生首自身が太一郎の知りたかったことを教えてくれたようである。

「え、ええ……」

あっちは北かな、と生首が向かった方角を考えていたために、太一郎は上の空で返答してしまった。

四

生首の気配をたどった太一郎がたどり着いたのは松井町《まついちょう》だった。竪川に架《か》かる二ツ目之橋の近くの町である。

庄三郎も一緒にいる。浅草に戻る途中にある町だからだ。二ツ目之橋の西隣に架かっている一ツ目之橋の近くに、香炉に執着していた幽霊が出た菊村屋がある。朝、太一郎たちが渡ってきた両国橋は、そのすぐ先だ。

「ああ、俺も浅草に帰りたい……」

太一郎はぼそりと呟いた。ここまで来ていながら、この後は皆塵堂に引き返さなければならない。そして昼飯を食ったらすぐに小梅村に行ってお縫たちと再び会い、その後はまた幽霊の噂がある場所を連れ回される。夜になったら皆塵堂に一泊だ。明日は……やはりお縫によってあちこち連れ回されるのだろう。

そんな悪夢のような二日間の、今はまだ序の口である。ここで帰れたらどんなに楽なことか。

「お気持ちは分かります。ですが太一郎さんには、お嬢様を見守るという大事なお役目があるのです。どうか我慢してください」

庄三郎が宥《なだ》めるような口調で言った。

「ええ、まあ、やりますけどね」

力なく首を振ってから、太一郎は松井町の町並みに目をやった。近づいたことで気配が濃くなっているので、目指す場所は難なく分かった。

太一郎は裏道に入った。狭い路地を迷うことなく進んでいく。

「ああ、あそこみたいですね。でも……」

先の方にようやく目当ての家が見える所まで来たが、太一郎はそこで立ち止まった。離れた所からその家の様子を窺う。

表戸が開いていて、何人かの男が忙しなく出入りしている。近所のかみさん連中と思われる女たちの姿もあるが、こちらは家に入らず、遠巻きにしながらお喋りしていた。どの顔も一様に険しい。

「……あまり近づかない方がよさそうですね」

数人の男たちが新たにやってきた。老人と言っていいくらいの年の男がいるが、これはきっと町役人だろう。若い男を引き連れた目つきの鋭い五十くらいの男もいる。こちらは多分、この辺りを縄張りにしている岡っ引きだ。

「何かあったのでしょうか」

庄三郎が首をかしげた。

「死体が見つかったのですよ。亡くなったのは下駄屋の善六さんに桶を見せていた男です。本当は善六さんの親父さんに桶を見せようとしていたのですが」

町役人や岡っ引きたちが戸口の向こうに姿を消した。入れ替わるように何人かの男が家から出てきたが、その中には青い顔で口元を押さえている者もいた。

「あそこに住んでいたのは、善六さんの父親が世話になった桶職人の親方です。腕は確かなようですが、かなり偏屈な方で、人付き合いのようなものはあまり……というかまったくなかったみたいですね。せいぜい作った桶を納める店の人と会うくらいです。そんな人だから、修業を終えて出ていった弟子たちも訪ねてこなかった。もちろん一人暮らしで、近所の人も相手にしない。最近は弟子を取るのもやめてしまった。そのため亡くなった後もなかなか死体を見つけてもらえなかったんですよ。で、さすがに本人もまずいと思ったのか、弟子たちの許へ出たのです。ちょっと様子を見に来いと。しかし、長く会っていない弟子たちが年を取った自分の顔を見てすぐに分かるか怪しいので、桶と一緒に現れたというわけです」

善六の父親が住んでいた場所は分かっていたが、とうに亡くなっていることは知らなかったらしい。そんなことだから弟子たちにすら見捨てられるのだ。まったく自分勝手な親方である。

「しかも、首吊りで亡くなっていますね。一人で酒を飲んでいる時に、ふっと死にたくなったみたいだ。ところが誰にも死体は見つけられず、夏のことだからどんどん腐っていった。ついには首が落ちて……」

生首の幽霊の出来上がりである。だが、このあたりのことまで庄三郎に告げる必要はなかったと太一郎は後から気づいた。

「……まあ、さすがに近所の人も臭いがひどいので様子を見にきたようです」

「ふうん。さすがですね。知っていましたけど、太一郎さんは相変わらずすごい。そんなことまで分かってしまうなんて」

庄三郎が感心している。しかし太一郎は苦々しい顔で首を振った。

「分かるというより、分からされている感じです。あっちの都合なんですよ」

生首を見ただけで正体や目的が分かったのに、死体があるこの場所が読み取れなかったのはそのせいである。親方の幽霊がそれを伝えようとしていなかったからだ。弟子たちなら親方の家を知っていて当然、と考えていたのだろう。

「それでも十分にすごい。人でも桶でも、幽霊やお化けの類なら太一郎さんがいれば何とかなります」

「いや、本当に大したものではありません。それに……なんかいつもと勝手が違ってやりにくいんですよね。無駄に忙しくなりそうだし」

お縫の腕試しがうまくいくよう、裏でこっそり立ち回らなければならない。これが思っていたより面倒臭そうである。

例えば今がそうだ。たまたま先に死体が見つけられていたので助かったが、そうでなければ太一郎が近所に知らせて回らなければならなかった。そうしないといつまでも桶が出続けるからだ。

「……まあでも、この件でのお縫ちゃんは惜しかったかな。顔が分からないだろうから桶という形で現れた、というのは合っていたのだから」

さすがに善六の父親が修業した先の親方にまではたどり着かなかったが、それは仕方あるまい。お縫は幽霊が見えないのだ。

「勘は悪くない。それに香炉の時で分かったように、肝っ玉も据わっている。でもそれだけに……無茶をしなければいいんですが」

「太一郎さんはこの後も、お嬢様のお守りをしなければならないわけですよね」

「ええ……」

「私はこれでお別れですけど、太一郎さんがあまり苦労されることのないよう祈っています。ちゃんと銀杏屋さんに寄って太一郎さんのことを伝えますし、鏡台を皆塵堂に運ぶように巳之助さんに頼んでおきます。ご安心ください」

「ああ、枕屏風の件もありましたね」

今日と明日で、あといくつの場所を回らされることになるのだろうか。それに今晩は皆塵堂に泊まらなければならないから、そこでも何か出てくるかもしれない。間違いなく大変な二日間になる。

太一郎は空を見上げ、はああ、と大きくため息をついた。

煙草《たばこ》は吸わないものですから

女の髪が祀《まつ》られている「花の祠《ほこら》」は小梅村にある。

祠そのものは最近作り直されたので真新しくはあるが、大きさや形はごくありきたりの地味な物だ。しかしその周りにたくさんの木々や草花が植えられているので、この名で呼ばれている。夏の今も芍薬《しやくやく》や百合《ゆり》など、多くの花が咲き誇っていた。

だが、そんな美しい景色にまったくそぐわない男が祠のそばにいた。太一郎の幼馴染《おさななじみ》で、棒手振《ぼてふ》りの魚屋をしている巳之助である。周囲を彩る綺麗《きれい》な花々には目もくれず、お縫たちが来るであろう方向をまっすぐ見据《みす》えて仁王立ちしている。

「ううむ、案外と悪くないかもな」

太一郎はそんな巳之助を見ながら呟《つぶや》いた。体が大きく、顔も厳《いか》ついこの男が花の中に立っていると、不気味なのを通り越して滑稽《こっけい》ですらある。珍妙とでも言うのか、とにかく不思議な眺めだ。

「極楽浄土にうっかり迷い込んじまった鬼みたいだ。あるいは、周りを色とりどりの花で飾られた金剛力士像かな。うん、面白い」

「あのな、太一郎。金剛力士だってたまには笑顔でお花畑を走り回りたい時もあるだろうよ。俺のことはいいけど、金剛力士には謝っとけ」

「まことに申しわけありません」

太一郎は素直に謝ると、日差しを避けるために近くの木の下へと動いた。石が積み上げられていたので、その上に腰を下ろす。この土地には昔、とある商家の寮が建っていたが、もちろん今はもうない。この石は、残ったままだった束石《つかいし》を掘り起こして集めた物のようだ。

この場所の今の持ち主は鳴海屋の清左衛門である。木々や草花の手入れをしているのは、植木屋をしている伊平次の弟だ。どうやら二人は束石のあった場所にも新たに何か植えるつもりらしい。どんどん立派な庭園になっていく。

「おい、太一郎。峰吉の妹はまだ来ないのかよ」

「もう間もなくだと思うから、落ち着いて待てよ」

「向島の料理屋から来るんだったよな。ここからはわりと近いはずだ。それなのに俺たちより遅いってのはおかしくねぇか」

「俺にはお前の早さの方がよっぽどおかしく感じるが」

太一郎と庄三郎が別れた松井町は、皆塵堂と銀杏屋のだいたい真ん中辺りである。それぞれの場所まで、足早に歩いて四半時《しはんとき》といったくらいだ。

庄三郎は、銀杏屋に着いたらまず番頭の杢助に太一郎が皆塵堂に一泊する旨《むね》を伝え、取り憑《つ》いているものが映る鏡を借りたはずだ。裏の長屋に行って巳之助に会い、お縫のことを話して皆塵堂まで鏡を届けるように頼むのはその後である。

だからどんなに巳之助の足が速くても、皆塵堂にやってくるのは自分より半時くらいは後になる……と太一郎は考えていた。

ところが、である。皆塵堂に戻った太一郎が伊平次と昼飯を食べていたら、もう巳之助が姿を現したのだ。

確かにすぐには握り飯を食べず、のんびりと茶の支度をしたり、下駄屋《げたや》であった出来事を伊平次に話したりしていた。しかし、それでもこれは早すぎる。

「だってお前、峰吉の妹が見られるって言うんだぜ。そりゃ急いで来るだろう」

「それは分かるけどさ……」

巳之助は手ぶらで来たわけではない。鏡台を背中に紐《ひも》でくくり付けていた。それに仕事で散々あちこちを歩き回った後でもある。やはりどう考えても早すぎる。

「いいか、太一郎。俺は棒手振りの仲間内で『飛脚殺し』と呼ばれている男なんだぜ。こんなの屁でもねえや」

「へえ……」

下手な飛脚より足が速いためにそう呼ばれているのは分かるが、巳之助の場合は本当に何人か殺していそうな風貌をしているから困る。知らない人が聞いたら誤解するかもしれない。せいぜい「飛脚泣かせ」くらいに留めてほしかった。

「そんなことより、峰吉の妹がどんな子なのか教えてくれよ」

「ううん、難しいな……」

太一郎は天を仰いで考え込んだ。

「兄弟姉妹と言っても別の人間だからな。引き合いに出して比べるようなことはしたくないんだが……峰吉が礼儀正しくなった感じかな。ああそれと、峰吉がきちんと掃除や片付けもする子になったと思ってくれ」

「確かにわざわざ峰吉を引き合いに出すことはないな。それ、峰吉とはまったくの別人だよ」

「それから、お縫ちゃんは大和屋で、わりと好きにさせてもらっているみたいだ。当然、金には困っていない。つまり、金を持ってる峰吉だ」

「だからいちいち小僧の名を出すな。峰吉っぽい所が欠片《かけら》もないぞ」

「そう思うだろ。だけどやっぱり峰吉の妹なんだよ。お前も見れば分かる」

愛嬌《あいきょう》のある笑顔や動きの素早さ、肝っ玉の据わりようなど、似ている点も頭に浮かぶが、そういうのは巳之助が自分の目で確かめた方がいい。

「もちろん見せてもらうさ。そのために俺は急いでやってきたんだからな。峰吉の妹に会うのが楽しみだ……おっ、もしかして来たんじゃないのか」

巳之助が前方を指差したので、太一郎もそちらへ目をやった。

ここは元々商家の寮があった場所で、敷地の周りは木立で囲まれている。一部だけそれが途切れて、向こうまで見通せるようになっているが、巳之助が指し示したのはその方向だ。

田んぼの中の道をこちらに向かって歩いてくる者たちの姿が見える。数は四人だ。手前の方に女が二人、少し離れた後ろに男が二人いる。

女たちはお縫とお志乃で間違いない。後ろにいる男たちはまだよく見えないが、片方は小柄で小僧のなりをしているから峰吉だろう。その横を歩いているのは年寄りに見えるので、多分、清左衛門だ。

大和屋の主《あるじ》の儀兵衛と、下男の久作はいないようだ。仕事が忙しくて帰ったのだろうか。挨拶《あいさつ》くらいはしておきたかったが、お縫のいる前だとあまり滅多《めった》なことを口にできないので、かえってよかったのかもしれない。

「た、太一郎。誰だよ、あの美人は」

巳之助が目を見開いている。こういう顔をするとやはり金剛力士像に似ているな、と思いながら太一郎は答えた。

「あれは大和屋の女中のお志乃さんだよ。で、その隣にいる小柄な女の子が……」

「そ、そうか。お志乃さんと言うのか。さすが大和屋くらいになると、女中さんも綺《き》麗《れい》なんだな……」

「お、おい……」

あれほど会いたがっていたはずのお縫の姿が巳之助の目には入っていないようだ。

――まったく、しょうがないな。

若くて綺麗な娘を見た巳之助がこうなるのは初めてではない。だから太一郎は気にしなかった。それよりも、巳之助を前にした時にお志乃がどんな顔をするか、ということの方がはるかに気になる。逃げ出さなければいいが……。

再び太一郎は、やってくる四人の方へ目を向けた。お縫とお志乃は何やら喋《しゃべ》りながら歩いている。こちらに太一郎だけでなく、男がもう一人いるとすでに気づいていると思うが、まだその風貌までは分かっていないようだ。

そろそろはっきりとこちらが見える頃だと思うが……と眺めていると、お志乃が急に立ち止まった。口元を押さえるような仕草をして二、三歩後ずさる。どうやら巳之助という男の様子に驚いているらしい。

――まあ、そんなものだろう。

これは巳之助を見た時にたいていの女が見せる動きだ。むしろ下がるのが二、三歩で済んだのは立派だと言える。気の弱い娘だったら三十歩くらい後ずさりして田んぼに落ちていたはずだ。

太一郎がそう考えていると、そこからお志乃が意外な動きを見せた。すっと前に出て腕を横に伸ばし、お縫が進むのを止めたのだ。立ちはだかるような形である。

これには太一郎も思わず「おおっ」と感嘆の声を上げた。お志乃は大事なお嬢様を守ろうとしているらしい。さすが大和屋くらいになると、女中は綺麗なだけでなく度胸もあるようだ。

そのお志乃に向かって、後ろにいるお縫が何か喋っている。こちらは清左衛門や峰吉から巳之助のことを詳《くわ》しく聞いているはずなので、きっとそれを説明しているのだろう。

少しすると、二人はまたこちらに向かって歩き出した。お縫は楽しげな顔でやってくるが、お志乃の方はまだどことなく表情が硬い。

「お、なぜかお志乃さん、俺の顔ばかり見ているぜ。へへ、嬉《うれ》しいねえ」

「そ、そうかな。気のせいだと思うが……」

二人が祠の土地に入ってきた。お縫は周りの木々や草花に目をやっているが、お志乃は相変わらず巳之助を見据えたままだ。明らかに警戒している。

「太一さんのご友人の、巳之助さんでございますね」

近くまで来ると、お縫が巳之助にそう言って頭を軽く下げた。

「大和屋儀兵衛の娘で、峰吉の妹でもある、縫、でございます」

「あ、ああ……」

巳之助はそう言っただけでお縫には目をくれず、ずっとお志乃を見続けている。しかしお縫は気にしていないようだった。むしろそんな巳之助の様子を楽しんでいるように見える。

「そしてこちらにいるのは大和屋の女中の……」

「お、お志乃さんっ」

お縫の言葉を奪うようにして巳之助が声を上げた。これにはさすがのお志乃もびっくりしたのか、小さく「ひっ」と叫んで半歩下がった。

「な、なんでございましょう」

「お志乃さん、あんた……猫は好きかい？」

「……は、はあ」

お志乃がちらりとお縫の顔を見た。釣られるように太一郎もお縫へ目を向ける。

お縫は、お志乃に向かって頷《うなず》いていた。もしかすると、巳之助がこう言うだろうとあらかじめ分かっていたのかもしれない。そうだとしたらどう返答するつもりなのだろうか、と首をかしげながら太一郎はお志乃の方へ目を戻した。

「ね、猫は可愛いと思います」

「おお、そうかい」

巳之助の顔がぱあっと明るくなった。

「ですが、その、言いにくいのですが……」

「うん？」

巳之助の顔が曇った。見ていて面白い。

「猫は可愛いと思うのですが、猫好きの人は苦手と言いますか……」

「は？」

「あっ、いえ、決してすべての猫好きの人が苦手というわけではございません。ごく当たり前に可愛がっていらっしゃる方はいいのです。ただ、たまに行き過ぎた可愛がり方をするような人も見受けられまして、そういう方はあまり……」

「あ……う……」

巳之助が言葉に詰まっている。自分はごく当たり前の猫好きではないという自覚があるのだろう。

「それでは、私は鳴海屋のご隠居様のご様子を見て参ります。ここは足下が危のうございますので」

お志乃がくるりと踵《きびす》を返して、巳之助の前から去っていった。

「あ……お……」

巳之助はそれをただ呆然《ぼうぜん》と見送るだけだった。

太一郎は満足した。なかなか面白いものを見せてもらった。見事な虫除けだ。これで当面は巳之助という虫もお志乃に対して大人《おとな》しくしているだろう。

「……あのさ、お縫ちゃん。今のお志乃さんの返答は、お縫ちゃんが考えたのかい」

不思議に思った太一郎は訊《たず》ねてみた。

「いいえ、私ではありません。もし巳之助さんがお志乃ちゃんに向かって猫は好きかと訊《き》くようなことがあったらこう答えさせたらいい、と兄が言っていたのを思い出して、先ほど立ち止まった時にお志乃ちゃんに伝えたのです」

「なるほど」

峰吉の入れ知恵か。それなら分かる。

「それにしてもここはいい場所でございますね。たくさんの草花に囲まれていて」

お縫は周りを見回しながらにこりと笑った。口を開けたまま呆然と佇《たたず》んでいる巳之助もその景色の中にいるのだが、それは気にならないらしい。

「お縫ちゃんはどんな花が好きなんだい」

「そうですね……菊でしょうか」

「ふむ」

太一郎は周りを見回した。それらしきものは見当たらないが、清左衛門に伝えれば喜んで植えてくれるだろう。

「それから、これは花ではないのですが、土筆《つくし》も好きです」

「おおっ」

このお縫もそんな可愛らしいものが好きなのかと太一郎は少し感動した。しっかりしているように見えても、やはりまだ十三の女の子だ。

「あと、虎杖《いたどり》なんかもいいと思います。それに雪の下とか」

「へえ……」

急に好みが渋くなった。若い娘でそれらが好きという子はあまりいないのではないだろうか。

「他だと、蓬《よもぎ》や芹《せり》、なずな、おおばこ……」

「それって……」

お縫が挙げたのはすべて食べたり薬にしたりする草花である。もしかしたら峰吉たちと暮らしていた頃は自分たちで採りに行っていたのかもしれない。大和屋の養女として申し分ない言動や立ち居振る舞いを見せているが、こんなところで「昔の貧乏だった頃のお縫ちゃん」が顔を覗《のぞ》かせたようだ。

「おや巳之助、いったいどうしたんだね」

清左衛門の声がした。そちらを見ると、老人はもう太一郎たちのそばにいて、ぼんやりと突っ立っている巳之助を不思議そうな顔で眺めていた。お志乃はというと、こちらは清左衛門から少し離れた後ろの方にいた。巳之助にはあまり近づかないようにしているようだ。

「……ああ、ご隠居……いつの間に湧《わ》いたんですかい」

かすかではあるが巳之助の目に光が宿った。

「人をぼうふらのように言うんじゃないよ。何かあったのかね」

「ご隠居、ちょっとお訊ねしますが、俺は……傍《はた》から見ればごく当たり前の猫好きだ、なんてことは……」

「ないな。お前は、背中に『猫好き日本一』の幟《のぼり》を立てて歩いてほしいくらいの男だよ。どんなに少なく見積もっても、江戸で一番なのは間違いない。それを、ごく当たり前の猫好き、なんて言ったら罰が当たる」

「そ、そうですかい……」

巳之助の目から再び光が失われた。

「お、おい、巳之助。本当にどうしたんだね」

返事はない。清左衛門は困った顔を太一郎へと向けた。

「ああ、ご隠居様が気になさることは何一つありませんよ」

太一郎は顔の前で軽く手を振りながら笑った。

きっと清左衛門は元気のなさそうな巳之助を励まそうとしたのだろう。それが実は追い討ちをかける言葉だった、なんてことはさすがに教えられない。

「それより、ご隠居様……束石が埋めてあった所が掘り返されていますが、また何か植えるのですか」

「ああ、気づいたか。椿《つばき》を植えようと思っているんだ。もう伊平次の弟には頼んであるんだよ。小さい苗木じゃなくて、すでに人の背丈くらいになっているのを持ってきてもらう。椿は生垣にも使われる木だからね。束石の所だけじゃなく、いずれはつなげるようにして祠を囲むつもりだ。もちろん祠の正面は開けるよ。多分、明日か明後日には植えるんじゃないかな」

清左衛門は、ここと あそこをつなげて、という風に身振り手振りで説明し始めた。呆然と立ち尽くしている巳之助のことはもう忘れたようだ。

「ははあ、なるほど。椿ですか」

清左衛門の気を巳之助から逸《そ》らすことには成功した。しかしこの後も大事である。この材木商の隠居は木が大好きなのだ。このままだとずっと木のことを喋り続ける。どうにかして話を変えなければ。

さてそれには何のことを話せばいいだろうか、と太一郎は考えを巡らせた。そして、行ったばかりの料理屋で何を食ってきたかを訊くのがよさそうだと思いついた。しかし太一郎がそれを口にするより先に、お縫が清左衛門に声を掛けてしまった。

「椿は私もすごく好きな木です。お花がいいですよね」

「ほう。さすがお縫ちゃんだ。よく分かっている」

「ありがとうございます……それでは、私はお志乃ちゃんや兄とここの花を見て回ります。兄が暇そうにしていますので」

お縫は清左衛門に軽く頭を下げ、お志乃と、その少し後ろでつまらなそうな顔をして立っている峰吉の方へと歩いていった。

「……椿の花って食べられるんですか」

離れていくお縫の背中を眺めながら、思わず太一郎は清左衛門にそう訊ねてしまった。

「おや、太一郎は食べたことがないのかい。椿の花は食べることができるよ。天ぷらや酢の物にすることが多いかな。少し苦みがあるので、茹《ゆ》でてから一晩くらい水にさらした方がいいらしい。まあ儂《わし》はそれほど美味《うま》いとは思わないが、これは人それぞれの好みだからな」

「はあ。なるほど。ところでご隠居様、料理屋ではいったい何を……」

「しかし椿と言ったら、やはり椿油を思い浮かべる者が多いだろうな。これは実から採れるんだ。それからもちろん材木としても素晴らしいから、様々な物を作るのに使われているよ。椿材は木目が細かく詰まっているので重いし、硬さがある。木肌は滑らかだな。黄楊《つげ》に似ているので……」

まずい。話を変えることができなかった。

「……櫛《くし》や将棋の駒などにしているのをよく見るかな。ただ、このあたりはやはり黄楊の方に軍配が上がる。特に将棋の駒は、伊豆七島の御蔵島《みくらじま》で採れる黄楊が最上とされているんだ。で、この御蔵島はもう一つ、桑《くわ》でも知られている。前に皆塵堂へやってきた藤七にも話したんだが、そこで採れた島桑を使った指物は……」

もう駄目だ。椿から他の木に話が広がっている。清左衛門がこうなってしまったら誰も止められない。

太一郎は老人の話を真面目に聞いている振りをしながら、なるべく心が無になるように努めた。

花の祠を出た太一郎たちは、お縫に導かれて横川《よこかわ》沿いに南へと進んだ。

歩いている途中のことを太一郎はあまり覚えていない。清左衛門の話を聞かされて少しぼんやりしていたのと、どこかから猫が襲いかかってこないかとびくびくしていたためである。

二

ただし、さすがに着いた場所は分かった。本所花町《はなまち》という、ちょうど横川と竪川が交わった所にある町だ。その表通りに店を構える森島屋《もりしまや》という太物屋《ふとものや》が、次の「幽霊の噂」があるという場所だった。

森島屋は間口こそさほど大きくはないが、奥はかなり広かった。座敷が並び、庭に面した縁側《えんがわ》がある。その庭がまた立派で、小さな池や築山《つきやま》のある、ちょっとした庭園のようになっていた。

太一郎は、庭の立派さはもちろんだが、縁側があることにも驚いた。雨ざらしになる濡《ぬ》れ縁《えん》ではなく、森島屋のそれは雨戸の内側に作られた、いわば座敷の外側に沿った廊下である。

旗本屋敷や大きな寺ならともかく、江戸市中にはこういう縁側がある町家はほとんどない。よほどの大店か、あるいは料理屋のような所で見るくらいだ。

不思議に思った太一郎は、案内してくれている森島屋の番頭に訊ねてみた。すると、以前は鰻屋《うなぎや》だった店を使っているという答えが返ってきた。それまで森島屋は別の場所にあったが、五年ほど前にここに移ってきたそうだ。それならこの店の造りも納得である。

「ふうん。言われてみると何となく鰻の匂いがするかな」

鰻好きの峰吉が鼻を動かしている。それは嫌だな、と眉《まゆ》をひそめながら鰻嫌いの太一郎もそっと鼻から息を吸い込んでみた。何も感じなかったのでほっとした。

「幽霊が出るのはあちらでございます」

案内役の番頭が縁側で立ち止まり、庭を指差した。清左衛門は森島屋の店主と座敷でのんびり茶を飲んでいるので、ここにいるのは太一郎とお縫、お志乃、峰吉、巳之助、そして案内役の番頭の六人だ。

「夜にこの縁側を通りますと、庭のあの辺りに女が立っているのが見えるのです」

番頭が指しているのは庭の隅の、隣の家との境にある板塀《いたべい》の手前の辺りだった。池や庭木などはなく、ぽっかりと空いた場所だ。

「しかし店にいるすべての者が見ているわけではありません。旦那《だんな》様はそんなものがいるはずはないと笑っているだけでございますし、手代や小僧たちも知らないと首を振ります。他にうちの店には女中が二人働いていますが、片方はやはり見えないようでございます」

「見えているのは女中さんのうちの一人……ああ、番頭さんもですね」

お縫がにっこりと笑った。

「女の人が立っているとのことですが、どのような方なのでしょうか」

「それが、うすぼんやりとしているものですから、はっきりとは分からないのですよ。ですから確かなことは言えないのですが、年の頃は六十から七十、あるいはそれよりも上の……」

「なんだ、婆《ばあ》さんか」

巳之助がつまらなそうな声でぼそりと呟いた。

太一郎は巳之助の袖《そで》を引っ張って、縁側の端へと動いた。お縫の腕試しのためにやっていることなので、途中で余計な邪魔をしないようにするためだ。

「……見えるのはお婆さんなのですね。それが庭の隅で……いったい何をされているのでしょうか」

再びお縫が番頭に幽霊のことを訊ね始めた。

「何もしていませんよ。ただ立っているだけです。動いているのを見たことはありません」

「日によって場所が変わっている、みたいなことは……」

「ございません」

番頭は首を振った。

「いつも同じ場所に、同じ格好で立っています」

「夜しか現れないのでしょうか。昼間に見たことはありませんか」

「私は、ございません。もう一人の女中も見たことはないでしょう。ただ前に、庭の隅をちらちらと見ては首を傾げていたお客様がいらっしゃったのを覚えています。もしかするとその方は何か見えていたのかもしれません」

「見る人が見れば、昼間でも分かるということですね」

お縫は太一郎の方に目を向けながら言った。

腕試しにならないので素知らぬ顔をしているが、もちろん太一郎には初めから見えている。森島屋の番頭の言うように、老婆が一人、庭の隅に佇んでいるのだ。何をするでもなく、虚ろな目をぼんやりと前に向けている。

この手の幽霊を太一郎はよく見かけていた。ただ、そこにいるだけの幽霊である。道の端で膝《ひざ》を抱えて座っている男の子、空き地の木の脇に突っ立っている老人、商家の二階の窓から顔を覗かせている若い女……。そいつらは皆一様に、どこを見るでもなく虚ろな目を宙に漂わせている。

「もしかしたら、ふとした拍子に私にも見えるかもしれませんね」

お縫はそう言うと、片目を隠したり、後ろを向いてから急に振り返ってみたり、別の方に顔を向けて目の端で庭の隅を捉《とら》えようとしたり、と様々な見方を工夫し始めた。

太一郎はそんなお縫を眺めながら、これは難しいぞ、と顔をしかめた。なぜならそいつらは本当に「そこにいるだけ」だからだ。恐らく本人もなぜ自分がそこにいるか分かっていないだろう。いつの間にかそこに現れ、気づいたらいなくなっている。この森島屋の庭にいる老婆もそういう連中のうちの一人だ。

だから対処のしようがない。太一郎ですらどうしようもなかった。町中で見かけても、どうせいつかは消えるのだからと気にしないでいる。

そんな幽霊に対して、お縫はどうするのだろうか。

「やはり私には無理のようですね」

しばらくするとお縫は見方を工夫するのをやめ、再び森島屋の番頭に老婆のことを訊き始めた。

「そのお婆さんの幽霊はいつからいるのでしょう。森島屋さんがここに移ってきた時から、ずっとでございますか」

「いえ……ついひと月くらい前からのことでございますよ」

「急に現れたのでございますか」

「ええ。ある日突然、という感じでございましたね」

「それ以前には、幽霊はまったく出なかった、ということでよろしいでしょうか」

「はい……あっ、いえ……」

番頭は言い淀んだ。

「出たことがあるのですか」

「はあ。実は前に、私は別の幽霊を目にしたことがございました。今回は女中も見ているのでこうして外に話が漏《も》れましたが、その時は私だけだったので、店の評判を考えて黙っていたのですよ」

「いつ頃、どこに、どのような幽霊が出たのでしょうか」

「ここに店が移って半年ほど経《た》ったあたりでしょうか。場所は今、お婆さんの幽霊が立っているのと同じです。その時に出たのは若い男の幽霊でございましてね。やはりぼんやりと突っ立っているだけでした。それに、ひと月かふた月くらいでいなくなりましたよ」

「ふうん……」

お縫はやや俯《うつむ》いて口元に手を当て、何やら考え始めた。

さてどうするつもりかな、と少しはらはらしながら太一郎はお縫を見守った。幽霊そのものはどうすることもできないが、この店のためにやった方がいいと思うことがある。はたしてそれに気づけるかどうか。

「ええと……」

やがて顔を上げたお縫は、太一郎と巳之助がいるのとは反対側の縁側の端を見た。

「兄さん、ちょっと手伝ってくれないかしら」

そちら側には峰吉がいた。幽霊などにはまったく興味がない小僧なので、庭には目もくれず、反対にある部屋の方を覗き込んでいた。安く買い取れそうな道具が置かれていないか、と探していたに違いない。

「庭に下りて、お婆さんの幽霊がいる場所に立ってほしいんだけど」

「なんでおいらが。そういうのは太一ちゃんにやらせればいいじゃないか」

「太一さんは私に幽霊の扱い方を教えてくださるお師匠様なのよ。お手伝いなんてさせられないわよ」

「お稽古事《けいこごと》をしてるんじゃないんだからさ……それなら、巳之助さんを使ったら？」

「巳之助さんじゃ体が大きすぎるわよ。幽霊が立っている場所を番頭さんに確かめたいの。巳之助さんだと近くにいるみたいに見えちゃうじゃない」

だったら自分が行けばいいじゃないか、と口を尖《とが》らせながら、峰吉は庭に出られるように置いてあった下駄を履《は》いた。何だかんだ文句を言いつつも優しい兄である。

「どこに立てばいい？」

「ええと、その辺りでございましょうかね」

番頭が指を差す。峰吉は面倒臭《くさ》そうにだらだらと歩いてそこへ向かった。

「この辺かな」

「ああ、まさにそこでございますよ」

番頭が頷いた。

廊下の端にいる太一郎も同時に頷く。今、峰吉と老婆の幽霊はほぼぴったりと重なっている。峰吉が小柄なので背丈もさほど変わらない。だが、さすがにそれでも峰吉の方が少しだけ高かったので、顔がわずかにずれているのが面白かった。目が四つあるように見える。長く見ていると目眩《めまい》を起こしそうだ。

「それなら兄さん、その場所に何か印をつけてくれないかしら」

「番頭さん、下を少し掘るよ」

一応、番頭に断ってから峰吉は下駄を使って地面に印をつけた。

「ここで私たちができることは終わりね。あとは鳴海屋のご隠居様にお願いするだけだわ。兄さん、もう上がっていいわよ」

「なあお縫、いったいどうするつもりなんだ」

またたらだらとした歩き方で戻りながら峰吉が訊いた。

「知りたいのなら、人を集めてくれないかしら」

「いったいどういうことだよ」

「どうせなら、なるべく大勢の前で喋りたいじゃない。『この幽霊はこういうわけで出ている。それに対して私たちが打つべき手はこれだっ』みたいな感じで」

「……ねえ番頭さん、ここに呼べる人は他にいないの？」

ものすごくやる気のなさそうな顔と声で峰吉は訊ねた。それでも妹のためにちゃんと人を集めようとするあたり、やはり優しい兄である。

「女中の一人は買い物に出ていますし、もう一人は旦那様や鳴海屋のご隠居様のお相手をしているはずです。手代や小僧はいますが、店の方に人を置かなければなりませんので……」

「誰も呼べないってさ」

お縫に向かってそう言いながら、峰吉は下駄を脱いで縁側に上がった。

「そもそもここにはお縫の他に五人もいるんだ。それで十分だろう」

「仕方ないわね。それでは私の考えをお話しするので、みなさん、並んでいただけないでしょうか」

お縫の呼びかけに、峰吉と森島屋の番頭、巳之助、そして太一郎が横一列に並んだ。お志乃はお縫の後ろに立っている。

「この場所に出るお婆さんの幽霊は、立っているだけで何もしないようです」

お縫は庭を示すように片腕を伸ばした。身振りが大仰《おおぎょう》である。

「それに番頭さんは、前にも若い男の幽霊を見ていますが、その方も何もせずに立っていただけだったといいます。しかも、ひと月かふた月で消えました。つまり、この庭に現れるのは、強い恨みや未練などを残しているのではなく、ただいるだけの幽霊だということになります。それで間違いありませんね」

本来なら幽霊が出て困っているのは森島屋の者だから、お縫が喋る相手は番頭ということになる。だが今、お縫が顔を向けているのは太一郎だった。

お縫の考えや幽霊への対処の仕方が合っているかどうかを判じるのが太一郎なのだから、これは当然のことだろう。しかし何となく太一郎は、「腕利きの岡っ引きに追い詰められている人殺し」みたいな気分になった。

「あ、ああ……」

太一郎は少し苦い顔をしながら頷いた。もうお縫の中で考えは固まっているみたいだから、それが正しいかどうか教えてしまっても構うまい。ここまでのお縫の考えは合っている。

「そうなると、私たちが打てる手は一つだけです。ただ現れて、いずれ消える幽霊なら、そのまま放っておけばいいのです」

「はあ？」

峰吉と巳之助、そして森島屋の番頭までが素っ頓狂《すっとんきょう》な声を出した。しかしお志乃は感心したような顔で「お嬢様、さすがでございます」と小さな声で言いながら、胸の前で軽く手を叩《たた》いていた。どうもこの女中はお縫に甘いらしい。

「ちょっとお縫。それならおいらを庭に立たせたのは何だったんだよ。無駄なことじゃないか」

「そんなことはないわ。兄さんは大切な役目を担ったのよ。お婆さんの幽霊は放っておけばいいと思うけど、それだと番頭さんのように見えてしまう人たちは嫌でしょう。だから私は、何か目隠しのような物を庭に作ればいいと考えたの。兄さんにしてもらったのは、幽霊が立っている場所を確かめるためだったのよ」

お縫は再び太一郎の方へ顔を向けた。

「私の考えはこれで終わりです。いかがでしょうか」

太一郎はお縫に向かって、大きく頷いて見せた。するとお縫は愛嬌のある可愛らしい笑みを満面に浮かべた。

「もちろんこちらの店の旦那様にもお許しを得なければなりません。ちょうど鳴海屋のご隠居様も一緒にいることですから、さっそく頼んで参ります」

お縫が縁側の向こうに消えた。相変わらず、いきなり素早い動きを見せる小娘である。太一郎はそのことに呆《あき》れる一方で、感心してもいた。何かで目隠しを作るというのは、太一郎もこの店のためにやった方がいいと思ったことなのだ。材木商の隠居の清左衛門がいるのだから、幽霊を囲むための板に困ることはない。頼めば鳴海屋の若い衆に命じて作ってくれるだろう……と考えていたのである。どうやらお縫は、太一郎とまったく同じ結論に達したようだ。

「皆さまはどうぞ、ごゆっくりとなさってください」

お志乃がそう言って頭を下げ、お縫を追っていった。巳之助はその背中を名残惜しそうに見送っている。

峰吉は再び部屋の中を覗き込んで物色し始めた。森島屋の番頭は手持ち無沙汰《ぶさた》な様子で突っ立っている。庭では老婆の幽霊が、何もせずにぼんやりと佇んでいる。

そして太一郎は、今回は何もすることがなかったな、と思いながら、その老婆の幽霊を眺めていた。

三

森島屋を辞した太一郎たちが次にお縫に連れてこられたのは、皆塵堂からさほど離れていない、深川山本町《やまもとちょう》にある天城屋《あまぎや》という薬種屋だった。

清左衛門は用があるということで、いったん木場の鳴海屋に戻った。だからいるのは太一郎とお縫、お志乃、そして峰吉と巳之助の五人である。

「本日はようこそいらっしゃいました」

前もって話がついていたらしく、店を訪れた太一郎たちはすぐに奥の部屋へと通されて店主の挨拶を受けた。与五平《よごへい》という名の、四十くらいの年の男だった。

「皆塵堂さんから話は伺っております。うちに出る幽霊を何とかしてくださるとか」

どうやらこの件を仕入れてきたのは伊平次のようだ。多分、清左衛門あたりから頼まれたので仕方なく、ということだろう。それでも、あの釣りしかしない人がお縫のために動いたことに太一郎は少し驚いた。

「どのような幽霊が出るのでございましょうか」

お縫がさっそく訊き始めた。せっかちな子だ。

「私の親父ですよ。半年ほど前に病で亡くなったんですけどね。このところ毎晩のように出るのです。まあ実の父親なので決して怖いとは思わないのですが、何か言いたげな顔で現れるので胸が痛むのです。どうにかしなければ、と思うわけでして」

「しかし何を訴えているのか分からない、ということでございますね。毎晩、とのことですが、決まった場所に現れるのでしょうか」

与五平が部屋の隅を指差した。箪笥が置かれているすぐ隣だ。使い古された煙草盆《たばこぼん》もその近くの床にある。

「いつもあの辺りに座っていますよ」

「左様でございますか。それでは……兄さん」

お縫が峰吉を呼んだ。当然のように峰吉は口を尖らせた。

「またかよ」

「太一さんにやっていただくわけにはいかないし、巳之助さんだと簞笥と横の壁との間に嵌《は》まっちゃいそうだわ。結局、兄さんしかいないのよ」

「そこに座るだけだよな。それなら別にいいけど……いや、やっぱり駄目《だめ》だ。こっちの頼みも聞いてくれないと」

峰吉が横目で太一郎の方を見た。どうやら自分に関わりがある頼み事を言い出すらしい。太一郎は眉をひそめ、緊張しながら峰吉の言葉を待った。

「なあ、お縫。今日の晩飯はどうするつもりだ？」

「お隣の米屋のおかみさんが腕をふるってくださるそうよ。今夜はお世話になるわけだから、私とお志乃ちゃんも手伝うけど。もちろん食べるのは兄さんや伊平次さん、太一さんも一緒だから。巳之助さんもよろしかったらぜひご一緒に。それに鳴海屋のご隠居様も、その頃にまた皆塵堂にいらっしゃるみたいだし……人数が多くなるから、おかみさんはもう支度を始めているかもしれないわね」

「だったら晩飯は仕方ないとして……明日の昼飯はどうする？」

「ご隠居様が馴染《なじ》みの料理屋に連れていってくださるそうよ」

峰吉がまたちらりと太一郎を見た。何となく峰吉が言い出しそうなことが分かったので、太一郎は緊張を解《ほど》いた。

「あのさ、お縫。それ……鰻屋にしないか」

案の定だった。さっき行った森島屋が元鰻屋だったので食いたくなったのだろう。こういうところは分かりやすい小僧である。

「残念ながらそれは無理ね。鰻屋だと太一さんが行けなくなるから」

お縫は首を振った。

「今日のお昼は私がうっかり太一さんの水嫌いを忘れていて、一緒に料理屋に行けなくなったわ。それで明日もまた駄目になったら、あまりにも申しわけないでしょう」

「だったら太一ちゃんと行けばいいさ。その代わりおいらは皆塵堂に残る。鰻じゃないと食べる気にならないから」

「ちょっと兄さん……」

二人の話を聞いていた太一郎は苦笑いを浮かべた。今回、お縫がやってきたのは、幽霊への対処の仕方を試すだけでなく、屋敷奉公に行く前に峰吉に会っておくため、というのもあるのだ。なるべく二人を一緒にいさせたい。ここは自分が引いた方がいいに決まっている。

「あのさ、お縫ちゃん。明日の昼は峰吉と鰻屋に行ってきなよ」

「ですが、それでは太一さんが……」

「構わないよ。そもそも俺はこの夏の暑さのせいで、あまり物を食べる気にならないんだ。料理屋なんか行くと気分が悪くなるかもしれない」

もちろん嘘である。夏は猫たちが暑さでぐったりしているので、他の季節に比べると襲ってくる時の勢いが弱い。だから太一郎は暑い夏が大好きだし、体の調子もいいのだ。

「それなら明日のお昼は鰻屋に行くということにします。太一さんにはいずれ父の方からお礼をするよう伝えておきます。本当に申しわけありません」

お縫は太一郎に一礼した後で、じろりと峰吉を睨《にら》みつけた。

「さあ兄さん、さっさと座ってちょうだい」

「言われなくても座るさ」

峰吉は軽い足取りで跳ねるように部屋の隅に行くと、すとんと座った。

言うまでもなく太一郎の目には、この部屋に入った時から与五平の父親の幽霊が見えていた。今、それは峰吉と重なっている。森島屋では老婆の幽霊の方が少し低かったが、与五平の父親は違った。反対に峰吉より頭が少し上に出ている。しかも幽霊は横の箪笥の方を向いているので、峰吉の額に耳が生えたように見えてしまう。奇妙な眺めだ。

「兄さん、何か気づくようなことがあったら教えてね」

「何もないよ。まあ、無理に言うなら目の前にある煙草盆かな。古い物だけど、この頃は使っていないみたいだ」

峰吉は手を伸ばして煙草盆を引き寄せ、煙草入れや灰吹きの中を覗き込んだ。

「煙草入れには中身がある。でも灰吹きは綺麗だ。煙管《キセル》も置いてあるけど、こちらも洗った後で、しばらく使われていないようだな。天城屋さんは煙草を吸わないみたいだね。それならうちでこの煙草盆を買い取って……いや、こんなのに一文も出せないな。ただならもらうけど」

「……兄がこんなことを申しておりますが、気になさらないでください。ところで、ここに煙草盆が置かれているのは、いらっしゃったお客様が使うため、ということでしょうか」

与五平は静かに首を振った。

「客人が訪ねてきた時には、こことは別の部屋に通しているんですよ。そこにもう一つ、別の煙草盆を置いてあります。この部屋にあるのは死んだ親父のための物でしてね。私はまったく吸わないが、親父は常に煙管を咥《くわ》えているような人でした。それで、幽霊が出るようになったから煙草が吸いたいのかと思い、親父が使っていた古い煙草盆をまた置いてみたのです。まあ、間違っていましたが」

「そうなると、他に心残りのようなものがあることになります。いつも同じ場所に座っているのですから、その近くが怪しいと思うのですが……」

部屋にいる者たちの目が一斉《いっせい》に簞笥へと向いた。

「……この簞笥、開けてもよろしいでしょうか。もちろん無理にとは申しませんが」

「ああ、いや、構いませんよ。見られて困る物など何一つ入っていませんのでね。でも、何も出ないと思いますよ。私も調べたことがあるのですが、気になるような物は見当たりませんでしたから」

「それでも、念のために調べさせていただきますね」

お縫は簞笥に近づいて引き出しを開けた。太一郎からは中がよく見えなかったが、本当に怪しい物はなかったようだ。お縫は次の段、次の段と立て続けに引き出しを開けていった。

「……こちらは？」

最後に一番下の引き出しの中を見たお縫は、首をかしげながら与五平に訊ねた。

何があったのだろう、と太一郎は首を伸ばして覗き込んだ。するとそこには、もう一つ別の煙草盆が入っていた。峰吉の前に出ている物より綺麗である。

「ああ、それは私がこの店を継いだ頃に親父に買ってやった煙草盆ですよ。いつも古い物を使っていましたからね。しかし私は煙草を吸わないものですから、煙草盆の良し悪しが分からない。それで買うのにかなり苦労しました。あちこちの店を回りましたよ。ところが、そうやって大変な思いをして買ったこの煙草盆を、親父はまったく使おうとしなかったんです。ずっとそこに仕舞《しま》いっ放しでした。まあ、こういうのは好みがあるでしょうから、きっと気に入らなかったんだと思いますよ」

「……そうでしょうか」

お縫は引き出しの中から煙草盆を取り出した。なるほど、確かに方々の店を回って手に入れただけのことはある。物はよさそうだ。

その煙草盆を目にした峰吉がさっそく仕事を始めた。

「ああ、そっちの煙草盆なら銭を出して買い取ってもいいですよ。天城屋さん、いかがですか。どうせ仕舞い込んでいた物なら、少しでも銭にした方がお得でしょう」

「兄がこんなことを申しておりますが、気になさらないでください。むしろこれは手放してはいけない物です。私はこの煙草盆を見て、どうすればお父様の幽霊が出なくなるのかが分かりました」

与五平は目を丸くした。

「え……ほ、本当かい。いったいどうすればいいんだね」

「今からそれをお伝えいたしますが、その前に……兄さん、人を集めてくれないかしら」

「おい、またかよ」

「明日のお昼は鰻屋よ」

「……天城屋さん、他に誰かここへ呼べる人はいますか」

峰吉は素直にお縫に従った。鰻を食わせる約束をすれば峰吉は容易に動くらしい。自分は鰻嫌いだからそうそう使える手ではないが、一応は頭に入れておこうと太一郎は思った。

「すまないが、うちの番頭は今、仕事で外に出ているんだ。女房も出掛けている。もう一人、うちには小僧がいるが、店に置いておかないといけないしね」

「お縫、誰もいないってさ」

「仕方ないわね。それでは与五平さんにお伝えいたします」

お志乃がすっとお縫の後ろに動いた。さっきと同じようにお縫の言葉を褒め、手を叩くつもりなのだろう。

「天城屋さんのお父様は、この煙草盆をもらった時、ものすごく嬉しかったのだと思います。それで使うのがもったいなくて、箪笥の引き出しに大事に仕舞っていたのでしょう。しかし、一度も使わずに亡くなられてしまいました。きっとそれが心残りだったのに違いありません」

峰吉の顔がぶれたように太一郎には見えた。与五平の父親が頷いたようだ。

「ですから、古い方の代わりにこちらの煙草盆を出しておけば、お父様の幽霊はきっと満足して出てこなくなるはずです」

お縫は、きりっとした顔を太一郎へ向けた。その後ろでお志乃が、うんうんと何度も頷いている。

「……あ、ああ、そうだね。お縫ちゃんの言う通りだと思うよ」

太一郎が言うと、お志乃が「お嬢様、さすがでございます」と小声で言い、さっきのように何度も手を叩いた。

「それではさっそく煙草盆を入れ替えましょう」

お縫は古い方の煙草盆に近寄り、煙草入れを開けた。葉煙草を移し替えるつもりのようだ。しかし、その手が途中で止まった。

「少し湿気《しっけ》てしまっているように感じます」

お縫が与五平の顔を見た。するとこの天城屋の主は、申しわけなさそうな顔で頭を搔いた。

「しばらく置きっ放しだったからね。別の部屋にあるのは奉公人にこまめに入れ替えさせているが、こっちにまで気が回りませんでしたよ」

「それでは、別の部屋にある煙草をこちらに移し替えて……」

「ちょっと待ってくれ」

これまで大きな体を縮めるようにして部屋の隅に座っていた巳之助が、突然大声を上げた。

「なんていい話なんだ。聞いていて俺は泣きそうになったよ。亡くなった親父さんは、天城屋さん……つまり息子が煙草盆を買ってくれたことがよほど嬉しかったんだな」

言葉通りに巳之助は目を潤《うる》ませている。元より情に篤《あつ》い男ではあるが、自分の父親がすでに亡くなっていることもあって、余計に胸に響いたのだろう。

「せっかくだから親父さんの幽霊には、とびっきりの煙草を吸わせてやろうじゃあねえか。俺が今からひとっ走り行って、江戸で一番の煙草を買ってきてやるよ」

巳之助は勢いよく部屋を飛び出していった。大きな足音が天城屋の中に響き渡る。床が抜けるんじゃないか、と太一郎は心配になった。

お縫に目を戻すと、簞笥から出した方の煙草盆を峰吉の前に置いていた。

「古い方の煙草盆は、代わりに引き出しに仕舞っておきます。ああ、その前に、綺麗に洗わないといけませんね」

お縫はそう言うと、素早い足取りで部屋を出て、裏口の方へ向かっていった。裏長屋の井戸で煙草入れや灰吹きなどを洗うつもりらしい。お嬢様なのによく気が回るし、働き者だ。

「そんなことは私がやりますので」

お志乃がお縫を追いかけていく。

二人を見送った後で、太一郎は峰吉の顔を見た。さっきまで額に幽霊の耳が見えていたが、今はそれが目になっている。与五平の父親は、正面に置かれている簞笥から出した煙草盆に目を向けているらしい。

幽霊が見えないのに、森島屋でも天城屋でもお縫は正しい答えを導き出している。大したものだな、と太一郎は舌を巻きながら峰吉と重なっている与五平の父親の幽霊を眺めた。

四

天城屋を辞した太一郎たちは皆塵堂に戻った。

これでもう店番をする必要がなくなった伊平次は、ちょっと行ってくる、と言い残して釣りに出かけてしまった。

峰吉は店を閉めるまでに少しでも古道具を売ってやろうと考えているのか、店先に出て通りを歩く人たちに声を掛けている。

お志乃は晩飯の支度の様子を見に隣の米屋へ行った。

お縫は奥の座敷で、巳之助が銀杏屋から運んできた鏡台を興味深そうに眺めている。

巳之助はお縫に頼まれて、何かが取り憑いているという枕屏風《まくらびょうぶ》を皆塵堂の裏の蔵へ取りに行っている。

そして太一郎は、鮪助の下敷きになって、うつ伏せに倒れていた。猫に抗《あらが》ったり、同じ部屋にいるお縫に助けを求めたりする気力はない。ぐったりしている。

今日一日は長かった。朝、銀杏屋を開けたらすぐにお縫たちがやってきて、香炉に執着している幽霊がいる菊村屋に連れていかれた。そこから皆塵堂まで歩き、すぐにまた桶のお化けが出る下駄屋へと向かった。その後はいったんお縫たちと別れて皆塵堂で昼飯を食い、それからすぐに小梅村まで行った。そして庭に老婆の幽霊が出る森島屋、亡き父親の幽霊が出る天城屋を経て、やっと再びの皆塵堂である。

猫に追い回されるせいで足腰が鍛えられているといっても、さすがに疲れ果てた。もう動けない。晩飯など食わなくていいから、このまま眠ってしまいたい。

「……おい太一郎、起きろ。お縫ちゃんがいよいよ鏡を使って枕屏風を覗くぞ」

「巳之助……もう戻ってきたのか」

「そりゃすぐ裏の蔵に行っただけだからな。お縫ちゃんに何かあったら困るから、お前が見ていた方がいい。早く起きろ」

「ううん……」

起き上がるのが面倒である。このまま横になっていたい。

しかし、歩きすぎたせいで体が重いから無理だ、などと言っても飛脚殺しには通じまい。蹴られそうだ。

それにお縫が涼しい顔をしているのも困る。途中で船を使ったが、それを差し引いても結構な長さを歩いているはずなのだ。隣の米屋に行っているお志乃も平気な顔をしていた。女子供がそうなのに、自分だけ倒れているのは恥ずかしい。

「……悪いが、鮪助が背中に乗っているから動けないんだ」

太一郎は猫を言いわけにして誤魔化《ごまか》してみた。

「鮪助、太一郎は大事な用があるんだ。どいてくれないか」

「いや、巳之助が言っても無理だろう。この猫が言うことを聞くのは伊平次さんと鳴海屋のご隠居様くらいのもので……」

鮪助がのっそりと立ち上がり、ゆっくりと床の間へ向かっていった。

「お、おい鮪助。お前、なぜ今日に限って巳之助の言うことを聞くんだっ」

太一郎は自分から離れていく猫の尻に向かって叫んだが、もちろんそれで鮪助が戻ってくることはなかった。

「うう……」

太一郎は諦《あきら》めて、重く感じる体を無理やり起こした。

お縫を見ると、鏡台の上部に嵌め込んだ鏡を熱心に覗いていた。首を曲げて横から見たり、俯いて上目遣《づか》いになったり、いろいろな見方を工夫している。

もちろんこれは、どういう顔をすれば自分が可愛く見えるか試している、ということではない。背後に何か怪しいものが映っていないか探しているのだ。

「……駄目ね、私には何も取り憑いていないみたいだわ。残念だけど」

やがてお縫はつまらなそうに呟いた。それを聞いた太一郎も、「残念なんだ……」と呆れた声で呟いた。

「あら太一さん、起きたのですね。それならさっそく巳之助さんに持ってきていただいた枕屛風を映してみようかしら」

お縫は立ち上がり、二つ折りにして壁に立てかけてあった枕屛風を取りに行った。それを鏡台から一間くらい離れた所に広げて立てる。

「さて、この枕屛風にはいったい何が取り憑いているのかしら」

お縫は再び鏡台の前に座ると、躊躇《ちゅうちょ》することなく、すっと鏡を覗いた。感心するほど度胸がいい。

「……おかしいわね。何も映らないわ。枕屛風があるだけ」

お縫はまた立ち上がると、枕屛風を裏返した。それから鏡台の前に戻り、再び覗き込む。

「やっぱり何も見えないわ。私では駄目なのかしら。だけど、まだ太一さんの力を借りるのは早いし……」

困ったような顔でお縫は呟くと、隣の部屋で様子を窺っていた巳之助へと目を向けた。

「えっ、俺？」

「巳之助さんは以前この鏡で、庄三郎さんの背後に映っているものを見ていらっしゃいます。もしかしたら今も、鏡を覗けば何かが目に留まるかもしれません」

「それが嫌だからこっちの部屋に逃げたんだが」

「試すだけでもお願いします」

「ええ……」

巳之助はものすごく渋い顔をしながら奥の座敷に入ってきた。頼まれたら嫌とは言えない男なのだ。

「ちょっとだけだからな」

そうお縫に断ってから巳之助は鏡台の前に座り、「うりゃ」という気合の声とともに鏡を覗き込んだ。

「うおっ」

巳之助はすぐに横に倒れ込み、そのままごろごろと隣の部屋まで転がっていった。

この男は、端から眺めているだけなら本当に面白い。成り行きを黙って見守っていた太一郎は心からそう思った。

「い、いた。何かいた。変なのがいた」

「どのようなものが見えましたか」

お縫が再び鏡台の前に腰を下ろしながら訊ねた。こちらは落ち着いている。

「よ、よく分からん。黒い何かだ。俺が覗くのと同時に、それが屏風の向こうにひょこっと……」

「きっと何者かの頭でしょうね」

「う、うおおお」

多分、巳之助自身もそれが人の頭だと薄々感じていたはずだ。だが怖いから口にしなかったのだろう。それをはっきりとお縫に言われてしまったので、今さらのように怖気に襲われたらしい。

「巳之助さんが鏡を覗いた時に私は枕屏風の反対側を見ていましたが、何もいませんでした。今はまた鏡を覗いていますが、先ほどと同じように怪しいものは何一つ映りません。やはり私より巳之助さんの方がその手のものを見る力が強いようです。本当に羨《うらや》ましい限りでございます」

「褒めているのかもしれないが、俺はまったく嬉しくないぞ。もう頼まれたって何もしないからな」

巳之助は体を起こしながら、苦虫を嚙《か》み潰《つぶ》したような顔で答えた。目を枕屏風から離そうとしないし、どことなく腰が引けている。よほど怖かったのだろう。

「そんな巳之助さんにもう一つ、お願いがございます」

「……お縫ちゃん、人の話はちゃんと聞こうぜ」

「枕屏風に取り憑いているのですから、見るのは夜の方がいいと思うのです。そこで巳之助さんには、ぜひこの枕屏風と鏡台を持ち帰っていただいて、夜中に覗いてほしいのです。布団の両脇にそれぞれの物を置けば、きっと横になりながらでも鏡が見られると思いますので……」

「太一郎が『兄弟姉妹と言っても別の人間だから、引き合いに出して比べるようなことはしたくない』と言っていた。俺もその通りだと思う。が、それを分かった上であえて言わせてもらうぞ。可愛い顔をしてこんな鬼みたいなことが言えるなんて、お縫ちゃん……お前さんは間違いなく峰吉の妹だよ」

「ありがとうございます。それではよろしくお願いいたします」

「いや、承知したわけじゃなくて……」

巳之助が救いを求めるような目で太一郎を見た。

さすがにこれは可哀想《かわいそう》な気がする。太一郎は心から巳之助に同情した。しかし、だからと言って助け船を出すつもりはなかった。むしろ、これはいい手なのではないかと思っていた。

もしお縫が一人だけの部屋で寝るのであったなら、自分で鏡台を覗いてみるはずだ。肝っ玉の据わった子だから、それくらいは平気でやるだろう。

しかしお縫は、今夜は米屋の二階で、おかみさんやお志乃と一緒に寝ることになっている。さすがにそこに幽霊の取り憑いた枕屛風や、それを映す鏡を置くわけにはいかない。

このことは、実はお縫にとっては幸いであると太一郎は考えている。お縫には幽霊を見る力はないと思うが、万が一ということがある。枕屛風に取り憑いている幽霊は、場合によっては少し面倒臭いことになりかねない相手なのだ。特にお縫のような、まだ年端のいかない女の子は避けた方がいいと思う。しかし巳之助なら平気だ。その心配はない。

「すまない巳之助。俺からもお願いするよ。お縫ちゃんのために怖い目に遭《あ》ってくれ」

「た、太一郎……お前も鬼の一味か」

顔だけなら巳之助の方が鬼なんだけどなあ、と思いながら太一郎は頭を下げた。

「まだ詳しいことを言えないのが心苦しいが、よろしく頼む」

「こんなことは巳之助さんにしか頼めません。お願いします」

お縫も頭を下げた。

「むむむ……」

巳之助は唸《うな》った。

「……なあ、お縫ちゃん。腕を組み、顔をしかめ、枕屏風を睨みつけながら考えている。

が分かればいいってことだよな。太一郎の手を借りずに」

「はい、その通りでございます。それが確かめられたら、枕屏風と鏡台はすぐに片づけてしまって構いません。後のことは私が考えます」

「いいだろう。お縫ちゃんのために引き受けようじゃないか」

「ありがとうございます」

お縫はまた巳之助に向かって深々と頭を下げると、立ち上がって鏡台を隅に寄せ、枕屏風も畳《たた》んで壁に立てかけた。

「それでは、私は料理の支度を手伝うためにお隣へ参ります」

太一郎にも軽く一礼し、お縫は座敷を出ていった。やたらと去り際が早い子だよな、と思いながら太一郎はその後ろ姿を見送った。

「……よし、それなら俺は酒を買ってくる」

巳之助が勢いよく立ち上がった。

「伊平次さんはまったくの下戸だし、太一郎も酒に弱いから、皆塵堂に来た時は飲めないんだよな。しかしこの後の晩飯は隣で食うわけだ。米屋の辰五郎さんはいける口だから、今日は酒を飲んでも文句を言われない。それだけが救いだ」

「わざわざ買いに行かなくても、酒の支度もされていると思うぞ」

「足りるわけがねえ」

「あっ、その前にちょっと……」

お縫に続くように、巳之助も素早く座敷を出ていった。

——まあ、いいか。

お縫がいなくなったから、あの枕屏風に憑いているものを巳之助に教えてやろうと思っていた。しかし本人が聞こうとしないのだから仕方あるまい。

五

晩飯を食い終わるとすぐに巳之助は帰っていった。

背中に鏡台を括《くく》りつけ、脇に枕屛風を抱えてのことなので、太一郎は少し心配した。たらふく酒を食らった後だったからだ。しかし案外と足取りはしっかりしていたので胸を撫《な》で下ろした。酒に強い男である。

清左衛門も、迎えに来た鳴海屋の若者とともに帰った。いろいろと忙しいようで、明日も太一郎たちと一緒に動くのは昼飯時からになるという。

お縫とお志乃は、晩飯の後はそのまま米屋に残った。いつも早寝早起きをしているそうで、今日も早々に寝るつもりらしい。

峰吉も夜は早い小僧だが、今は作業場で下駄を磨いている。太一郎が意味もなく買ってしまった下駄だ。ただでくれてやったら大喜びだった。お客に高く売りつけてやるぞと意気込んで、店に出す前に拭《ふ》いているのだ。

鮪助はしばらくの間、太一郎の背中や頭に上っていたが、少し前に夜の見回りに出ていった。この辺りの親分猫なので、太一郎と遊んでばかりもいられないのだろう。

「……まあ、そういうわけで、今日の私はまったくの役立たずでした」

そして太一郎は皆塵堂の座敷で、昼以降に回った場所のことを伊平次に説明していた。老婆の幽霊が庭に出る森島屋と、亡き父親の幽霊が簞笥の横に座っている天城屋の話だ。

「ふむ。お縫ちゃんはすごいってことだな。幽霊が見えないのに、太一郎と同じ考えにたどり着いている」

「本当に感心します」

お縫が誤った考えに至ったのは下駄屋で起きたことくらいのものだが、さすがにあれは仕方あるまい。桶のお化けを出しているのは下駄屋の主の父親の修業先の親方の幽霊だった、なんて分かるはずがない。

それに、その件でも結果として太一郎は何もしなかった。親方が自分の死体を見つけてもらいたがっている、ということは分かったが、訪ねていったらもう近所の人に見つけられた後だったからだ。

「初めに行った菊村屋の香炉《こうろ》の件なんて、お縫ちゃんは私の上を行きましたからね」

香炉への執着を消すために、その香炉自体を割ってしまうなんてことは、太一郎でもなかなかできないことだ。これにはびっくりした。しかもそれが実は偽物だったわけで、二重の驚きである。

「たとえ幽霊が見えなくても、案外と何とかできるってことかな。もちろんお縫ちゃんの頭の働きと度胸のよさがあってのことだが」

「おかげで今日は楽をさせてもらいました」

大変だったのは、あちこち歩き回らされたことくらいだ。出てくる幽霊も、関わると危ない、というのはいなかった。

「明日も今日と同じようだといいのですが」

いったいどんな場所へ連れていかれるのか今から心配である。

「伊平次さんは何か聞いていませんか」

「いや、聞いてないぞ。今日だって、前もって俺が知っていたのは天城屋の件くらいだ。あれは俺が仕入れてきた話だからな」

「ああ、そうでしたね」

釣りしかしない伊平次がお縫のために動いたと知って、天城屋で感動したのを覚えている。

「うむ。わりと近所にある店だから、俺は亡くなった天城屋の先代と何度か顔を合わせたことがあるんだよ。言われてみると、いつも煙管を咥えている人だった。だから、息子の与五平さんに買ってもらった煙草盆を使わずに死んだのが心残りで出てきたのだ、という太一郎やお縫ちゃんの考えはよく分かる。ただ、ちょっと引っかかることがあるんだよな」

「は……な、何でしょうか」

「言う前に訊くが、お前は幽霊が見えるだけじゃなく、そいつが考えていることや、どうして死んだのかということまで分かる男で間違いないよな」

「ああ、いや……」

太一郎は首を振った。

「……それは買いかぶりすぎです。確かに見る方については間違いありません。昔は『見る』というより『見せられている』という感じで、必ずしもすべての幽霊を目にしているわけではなかったのですが、今ではこちらがその気になれば、どんな幽霊でも見えるようになってしまったみたいです」

おかげで町が賑《にぎ》やかである。

「まあ、なるべく見えないようにはしているんですけどね。うまくは言えませんが、心を閉ざすという感じで」

「ふうん。それで、『分かる』ということについてはどうなんだ」

「そちらも『分かる』というより『分からされている』という感じなのです。こちらは今でも変わりません。つまり向こうが訴えてこないと、私には分からないのです」

例えば森島屋の庭に佇んでいた老婆がそうだ。ただいるだけの幽霊で、何かを訴えているわけではないので、太一郎でも放っておくしかないのである。

「あるいは、強い恨みを持っているとか、そういう幽霊じゃないと駄目です」

「ふうん。それで、天城屋の先代は訴えていたのかい。『息子がくれた煙草盆を使って煙草が吸いたい』と」

「その通りです。それで、新しい煙草盆に替えたのですが、何か気になることがありますか」

「いや、それは間違っていないと思うよ。ただ、もしかしたら足りない点があるかもしれない。巳之助が新しい煙草を買いに行ったって話だったが、そいつは……」

伊平次が急にそこで言葉を止めて店土間の方へ顔を向けた。

太一郎も同時に同じ方を見た。表戸を叩く音がしたからだ。

作業場にいた峰吉が素早く店土間に下りた。閉められた戸を挟んで表にいる人と小声で言葉を交わし始める。

「ねえ、山本町の天城屋さんが来たんだけど」

しばらくして座敷の方を振り向いた峰吉が、大声でそう告げた。

「ああ、与五平さんか。入ってもらってくれ」

伊平次が返事をする。峰吉はすぐに表戸の閂《かんぬき》を外して与五平を招き入れた。

「夜分に申しわけありません。実は、その……」

「また親父さんの幽霊が出たんだろ。多分、煙草を吸わなかったんだろうな。行くからちょっと待っててくれ」

与五平が最後まで言わないうちに伊平次は大声で告げ、太一郎の方へ顔を向けた。

「俺は支度があるから少し遅れる。お前だけ与五平さんと一緒に、先に天城屋へ向かってくれ」

「は、はあ。分かりました。しかし、これはいったい……」

太一郎は、煙草を一服すればそれで満足して、もう与五平の父親の幽霊は出てこないはずだと考えていた。しかし伊平次には、それでは駄目だと分かっていたようだ。

「うん、後で教えるよ。それよりお前は急いで天城屋に行け。今ならもしかして、親父さんの幽霊は何かを訴えてくるかもしれない」

伊平次は立ち上がり、店土間の方へと歩いていった。与五平と話をするのだろうと思い、太一郎も急いでその後を追いかけた。

しかし伊平次は作業場で立ち止まって、そこから与五平に向けて軽く手を上げただけだった。太一郎はそんな伊平次を尻目に店土間に下り、与五平の許へと向かった。

「……私がこの部屋に入ると、死んだ親父が座っていたんですよ。ええ、これまでと同じ場所です」

与五平は部屋の隅を指差した。

「私が買った方の煙草盆を置けば親父は満足して出なくなるはずだ、という話に昼間はなりましたでしょう。だからまた出たことに驚きましたよ。しかし、もしかしたらこれが最後で、親父は煙草を吸って消えるのかもしれないと思いましてね。見守っていたのです。そうしたら親父は煙草を吸わずに、私の顔を見て首を振ってから消えました」

「ふむ……」

太一郎の目には部屋の隅にいる与五平の父親の姿がまだ見えている。昼間と同じだ。違うところがあるとすれば、幽霊が隣にある箪笥ではなくて正面の床の上を見つめていることと、その目の先にあるのが与五平の買った方の煙草盆だということくらいだった。

与五平曰《いわ》く、首を振って消えたということだから、太一郎やお縫の考えは間違っていたのだろう。

──確か伊平次さんは、足りない点がある、と言っていたな。

この煙草盆を使って煙草を吸いたい、という願いを持っているのは合っているはずだ。しかしそれだけではなく、他にも何かあるのだ。

いったいそれは何だ、と考えていると、天城屋の裏口の方から伊平次の声が聞こえてきた。思ったより早くやってきたようだ。

与五平がいったん部屋を出て、伊平次を迎えにいった。すぐに、男たちの話し声とともにこちらに向かってくる足音が聞こえてきた。カシャカシャという音もしていた。

やがて男たちが部屋に入ってきた。与五平と伊平次、それともう一人、細かい引き出しがたくさん付いた箱を背負った男もいた。音は、その引き出しの引手になっている鉄輪が立てているものだ。

伊平次も箱のような物を包んだ風呂敷包みを提げている。そこからもやはりガシャガシャという音が聞こえていた。

「こちらはうちの近所に住む煙草屋の助《すけ》さんだ」

伊平次が紹介する。改めて見ると、太一郎も見たことがある男だった。皆塵堂の周りをたまに歩いている煙草売りだ。しかし太一郎は煙草を吸わないので、話したことはなかった。

「ええと、与五平さんに訊くけど、亡くなった親父さんはどんな煙草を吸ってい持っていた風呂敷包みを床に置きながら、伊平次が訊ねた。

「どんな、と言いますと？」

「銘柄だよ。いろいろあるだろう。国府《こくぶ》とか、舞留《まいとめ》とか、舘《たて》とか……」

「ああ、いや、私は煙草を吸わないものですから、そう言われても」

「分からないか。ならばお客用に置いてある煙草は誰が買っているんだい。他の部屋にあるんだろう？」

「それは、うちの番頭に任せています」

「その番頭さんはいるかい？」

「通いなので、夜は……」

それなら仕方ないな、と伊平次は呟き、今度は太一郎の方を見た。

「その煙草盆に入れてある煙草は巳之助が買ってきたらしいが、銘柄は分かるかな」

「いえ、私も煙草は吸わないものですから、ちょっと……」

煙草屋の助さんが煙草盆に近づいて、そこに置いてある煙草入れの蓋《ふた》を開けた。

「ふむ、国府ですね」

つまみ上げた煙草の葉の匂いを嗅《か》いだだけで助さんは答えた。さすが本職である。

「まあ、煙草の中では一番上とされているやつだな。しかし、だからと言って万人の好みに合うとは限らない」

伊平次は風呂敷包みを開いて箱を出した。その蓋を開けると、中にはたくさんの入れ物があった。ほとんどは煙草盆に置く煙草入れだが、ただの湯飲みも交ざっている。

「皆塵堂で集めてきた。煙草の葉を入れられれば何でもいいんだ」

伊平次はそう言いながら、箱から次々と入れ物を出していく。

「多分、与五平さんの親父さんは置かれていた煙草の銘柄が気に食わなかったんじゃないかな。きっと息子が買ってくれた煙草盆で、好きな煙草を思いっきり吸いたいと思っているんだろう。しかし与五平さんの様子だと、それが何の銘柄か分かりそうもない。そうなると、片っ端から用意するしかないよな」

伊平次が取り出した煙草入れや湯飲みに、助さんが次々と煙草の葉を入れていった。すべて違う銘柄らしい。

「俺は話を聞いた時すぐに、煙草が気に食わないのかな、と気づいたんだ。前に似たようなことがあっただろう。名人の彫物大工、甲斐《かい》の和七《わしち》さんの幽霊が出た時のことだ。信濃屋の徳市さんが集めている根付《ねつけ》や、茂蔵の馬鹿が持っている木彫りの観音像を作った人だが、やはり煙草の銘柄にこだわりを持っていた。その件には太一郎も関わっているはずだが、煙草に興味がないから思い出さなかったみたいだな。それにしても、お縫ちゃんやお志乃さん、峰吉はともかくとして、太一郎と巳之助、与五平さんという大の男が三人もそろっていながら、誰も煙草を吸わないってのは驚きだ」

「はあ……」

江戸では客が来るとまず煙草盆を差し出すというくらい煙草を吸う者が多い。確かに太一郎くらいの年の男でまったく吸わないというのは珍しいかもしれない。

「銀杏屋でも煙草盆や煙草入れを扱っていますからね。私も吸おうとしたことがあるのです。しかし煙が人の顔の形になることがあるので、やめたのですよ」

「ふうん、そりゃ太一郎らしいや。変なものが寄ってくるのか。それなら巳之助はどうなんだろうな。あいつは一度に五本くらい煙管を咥えて吸っていそうな顔をしているのに」

「猫の中には煙草の匂いを嫌がるのがいるからみたいですよ」

「それもまた、巳之助らしいや」

伊平次は笑った。

助さんが煙草の葉を入れ終えた。床の上には二十はゆうに超える煙草入れや湯飲みが並んでいた。

「随分《ずいぶん》と数がありますね」

「うむ。例えば錨なら上州《じょうしゅう》錨と秩父《ちちぶ》錨があるが、煙草にうるさい人に言わせると味がまったく違うらしい。鳴海屋のご隠居が吸うのは甲州《こうしゅう》産の龍王《りゅうおう》だが、それもご隠居によると作る土地で味が変わるそうだ。さすがに俺にはそこまでは分からんがね。まあ、そんなわけだから、助さんのところにある煙草を全部持ってきてもらったんだよ。これだけあれば親父さんの幽霊の好みに合う煙草も交ざっているだろう」

伊平次は与五平へと顔を向けた。

「しばらくこのままにしておいてくれ。多分これで親父さんの幽霊は満足してくれると思うが、駄目だったとしても心配はいらない。親父さんが出なくなるまでこの太一郎が通いつめるから。だからもし大和屋の者が様子を訊きに来るようなことがあったら、『お嬢様のおかげで親父の幽霊は消えました』と答えてほしいんだよ」

「ええ、構いませんよ」

与五平は頷いた。

「それなら、俺たちはそろそろ帰るとするか。いつまでもいると、親父さんが落ち着いて煙草が吸えないだろうから」

空になった箱を風呂敷に包み直し、それを持って伊平次が部屋を出ていった。煙草屋の助がそれに続く。見送るために与五平も二人を追いかけた。

最後まで部屋に残った太一郎は、「銘柄ねえ……」と呟いた。

町中で出遭う幽霊の中には、煙草が吸いたい、酒が飲みたいなどと訴えるやつが結構いる。ただ、細かい銘柄まで言ってくる幽霊にはまだ遭ったことがなかった。だから太一郎は、きっと何でもいいのだろうと思っていた。

――好みがあるなら、そこまで教えてくれればいいのに。

部屋を出る際に、太一郎はそっと後ろを振り返って与五平の父親の幽霊を見た。煙草盆に載っている煙管へ、いそいそと手を伸ばしているところだった。

屛風《びょうぶ》の上から覗《のぞ》く顔

一

太一郎は不意に目を覚ました。

何か物音がしたとか、小便に行きたくなったとか、嫌な夢を見ていたなどといったことは一切ない。それなのになぜか自分の目がいきなり開いたのだ。

まだ夜明けまでには少し間がありそうだ、と思いながら体を起こす。辺りは真っ暗だ。試しに自分の手を鼻先に持ってきて振ってみたが、まったく見えなかった。それほどの闇である。

これはおかしい。暑い夏のことだから庭側に面した障子戸は開けっぱなしにしていた。寝る前に、外に月が出ているのを見た覚えがある。その月明かりがない。

もし寝ている間に雲が出て月が隠れたのだとしても、ここまでの暗闇になることはあるまい。

奇妙なことである……が、太一郎は少しもそうは思わなかった。なぜならここは皆塵堂だからだ。むしろ何も起こらない方が不思議である。だから、やはり来たか、と思っただけだった。

――さて、何が出るかな。

目が利かないので、太一郎は耳を澄ましてみた。すぐ隣の部屋で伊平次と峰吉が眠っているはずだが、寝息のようなものは一切聞こえてこない。暑いので隣の部屋との間を仕切る襖《ふすま》も開け放っていたから、少なくとも人がいる気配くらいはすると思うのだが、まったく感じられなかった。

――ふむ。

太一郎は、今度は横に腕を伸ばしてみた。布団《ふとん》を敷いたのは作業場の端だ。だからすぐ横は壁なのだが、手には何も触れなかった。

そのまま腕を下げた。布団はある。手をずらして布団の横の床を撫《な》でてみた。もちろんある。手触りは皆塵堂の作業場の床のようだ。しかし確かにそうだとまでは言えない。

――これは動かない方がいいかな。

暗闇の中で迷子になり、戻れなくなったら困る。太一郎は布団の上にあぐらをかいて、成り行きを見守ることにした。

しばらくすると、目の端にぽつんと明かりが見えた。店の表戸がある方向だ。しかしそれなら明かりなど目に入るはずがなかった。皆塵堂といえども、夜になれば通りに面した表戸くらいは閉めるからだ。

それに、明かりは遠くにある。表戸どころか向かいの店のさらに先だ。

――本当に周りに何もない、真っ暗闇の場所に俺はいるんだな。

さすが皆塵堂、久しぶりに泊まるとこんなことが起こるのか。太一郎は感心しつつ、やはり無理にでも帰ればよかった、と後悔した。

明かりが大きくなったように感じたので太一郎は目を凝《こ》らした。するとそれは提灯《ちょうちん》で、こちらに近づいているのだと分かった。その提灯の明かりに照らされて、薄ぼんやりとだが、それを持っている人の姿も見える。男のようだ。

――俺に用があるんだろうな。

男はまっすぐこちらに歩いてくる。しかもかなり速い。足の動きと進む速さが合っていないように感じる。

すぐに男の様子がかなり分かるようになった。年はわりといっている。六十くらいだろう。提灯を持っているのとは反対側の手に何か箱のような物を提げている。

それから、提灯の火袋に絵があった。四角い箱のような物がたくさん描かれているようだ。蓋《ふた》の付いていない、四角い入れ物……多分、枡《ます》だろう。酒や塩など、枡で量り売りをする店の屋号を示しているのかもしれない。

男が立ち止まった。皆塵堂の店先くらいの場所である。さすがに近いので、太一郎は男が手に提げている物が何であるか分かった。

――あれは、懸硯《かけすずり》だな。

皆塵堂の蔵に置かれていたのと同じ物に見える。

男はそこで太一郎に一礼すると、再び歩き出した。きっと俺に何か告げるのだろう、と太一郎は身構える。しかし男は太一郎には何も言わずに横を通り抜けた。そして少し進んだ所でまた立ち止まると、懸硯を下に置いて振り返り、太一郎に向かってもう一度、さっきより深くお辞儀をした。

その姿のまま、男はゆっくりと薄れていった。手にしていた提灯も一緒だ。しかし辺りは真っ暗闇にならなかった。開け放たれた障子戸から月明かりが入ってきたからだ。

今、太一郎が目を向けている先には壁がある。どうやら元の皆塵堂に戻ったようだ。隣の部屋へ目を向けると、寝ている伊平次たちの姿も見えた。

——ふむ。

最後に男が懸硯を置いたのは、皆塵堂の蔵があるあたりだ。多分、元からあった本物の懸硯と重なったのだろう。

「……で？」

太一郎は思わず声に出して呟《つぶや》いた。あの男が懸硯の持ち主だったことは分かる。太一郎に何かしてほしいことがあるようだ、というのも分かる。だが、それが何なのかは分からない。

煙草の銘柄にこだわっていた天城屋の先代の幽霊もそうだが、頼みがあるならもっとはっきりと伝えてほしいものだな、と太一郎は思った。

夜が明けた。

開け放たれた障子戸の外は白い光で溢《あふ》れている。爽《さわ》やかな夏の朝だ。早くも蟬《せみ》が鳴き始めているのが聞こえた。今日も暑くなりそうだった。

しかし太一郎は、どんよりとした気分に陥っていた。あの懸硯を持っていた男の幽霊が消えた後で再び寝直したが、それからいくらも経《た》たないうちに、爽やかさとは無縁の、おぞましさすら感じる目覚め方をさせられてしまったからである。

鮪助が乗っかってきたのだ。しかも顔の上だ。ちょうど太一郎の鼻の先に尻が当たるような形で座ったのだ。太一郎は、鮪助の尻の臭《にお》いで起こされたのである。

そのせいで、外が明るくなった後でもなかなか動く気にはなれず、裏の長屋の井戸で顔を洗っては来たものの、それからまた布団の上に座ってずっとぼんやりしている。

「おはようございます」

庭に面した障子戸の向こうで声がした。今の太一郎の気分とはかけ離れた、明るく軽やかな声である。

太一郎は、のろのろとその声の方へ目を向けた。

「ああ、お縫ちゃんか。早いね」

「太一さんこそ、早起きでございますね」

「うん、まあ、爽やかな朝だからかな。雨が降らなくてよかった。お天道様に感謝しないといけないな」

鮪助は今、朝の見回りに出かけていて皆塵堂にはいない。しかし、もし雨だったら行かなかったかもしれない。本当にお天道様には感謝である。

「伊平次さんはもう起きていらっしゃいますか」

お縫は遠慮がちに障子戸から首を入れて、隣の部屋へ目を向けた。

「伊平次さんはとっくに起きて、釣り竿《つざお》を手にどこかへ行ったよ。朝飯までには戻るってさ」

「兄はまだ寝ているようですね。それでは失礼をして……」

お縫は障子戸から作業場に上がってきた。太一郎に軽く頭を下げながら横を通り過ぎ、隣の部屋に入る。そして大きく息を吸い込んでから叫《さけ》んだ。

「兄さん、いつまで寝てんのよっ。お掃除するから早く起きなさいっ」

感心するほどの大声だ。しかもよく通る。多分、まだ眠っている近所の住人のうちの何人かはこれで飛び起きたと思う。

だが峰吉は、面倒臭《くさ》そうに薄く目を開けただけだった。

「ああ、お縫か……この部屋の掃除はしなくていい。ついこの間やったばかりだ」

「いつの話よ」

「ええと……確か年の瀬だったかな」

「今はもう夏よっ」

お縫は峰吉の布団を横から持ち上げた。寝ていた峰吉がごろごろと転がっていく。

「まずは顔を洗いに行った方がいいみたいね。お布団を畳《たた》むのはその後でいいわ。私はその間に、お蝶《ちょう》さんの所に行っているお志乃ちゃんの様子を見てくるから」

お縫はそう言うと作業場に戻り、太一郎に向かってにっこりとほほ笑んでから障子戸の外へ出ていった。

「……太一ちゃん、おはよう」

床に寝転がっていた峰吉がよろよろと立ち上がり、作業場に入ってきた。お縫に言われたように顔を洗いに行くのかと思ったが、障子戸の方へは向かわず、太一郎の横で立ち止まった。まだかなり眠そうな顔をしている。

「あのさ、太一ちゃん……お蝶さんって、誰?」

「やはり気になったか。俺も初めて聞く名だが……」

峰吉が顔を洗って布団を畳む間に行ってこられるのだから、すぐ近くに住んでいる人だろう。まず考えられるのは隣の米屋のおかみさんだ。しかし、それなら「お蝶さんの所に行っている」という言い方はおかしい。お縫とお志乃は元々隣の米屋にいたのだから。

つまり米屋のおかみさんではない。そうなると、他に考えられるのは一人だ。朝早くに用があるのは、そこしかない。

「……裏の長屋の飯炊き婆《ばあ》さんのことじゃないかな」

「やっぱりそうだよね。おいら、あの人は『裏の長屋の飯炊き婆さん』って名前なのかと思ってたよ」

「さすがにそれはないけど、お蝶さんか……」

「せめて蛾《が》だよね……」

峰吉はそう言うとようやく障子戸を通って裏の長屋の方へ向かっていった。

――さて、そろそろ自分も動かないとな。

太一郎は立ち上がった。蔵にある懸硯を見に行くべきだろうな、と考えたが、それより先に店の表戸を開けなければ、と思い直した。

薄暗い店土間に下り、足下に気を付けながら戸口に向かう。そして閂《かんぬき》を外し、建て付けの悪い戸をがたがた鳴らしながら大きく開け放った。

いつも打ち水をしていることから近所の者に「水撒《ま》き小僧」などと呼ばれている向かいの店の小僧が、今日もせっせと通りに水を打っていた。

「おっ、早いな」

太一郎が通りに出て声をかけると、水撒き小僧はぺこりと頭を下げた。

「あら参太《さんた》ちゃん、おはよう。いつも早くて偉いわ。この後は手習《てならい》にも行くのよね。その前に爪《つめ》の垢《あか》を煎《せん》じて、うちの兄に飲ませてくれないかしら」

背後で声がした。飯炊き婆さんの所に様子を見に行ったお縫がもう戻ってきたようだ。

水撒き小僧は、通りに出てきたお縫にも頭を下げると、手桶を持ってそそくさと向かいの店の中に入ってしまった。

「あら、恥ずかしいのかしらね。兄と違って参太ちゃんは大人《おとな》しいから」

「……お縫ちゃん、ちょっと聞きたいんだけどさ。どうして俺でも知らない、皆塵堂の近所の人たちの名前を知っているんだい」

「お蝶さんのことだったら、米屋のおかみさんから伺いました。参太ちゃんは、前に皆塵堂に来た時に何度か顔を合わせています。私と同い年なんですよ」

「ふうん、そうなんだ」

「兄や鳴海屋のご隠居様からいろいろな話を聞いているうちに、会ったことはないのにお名前だけは覚えてしまった、なんて方もいらっしゃいます」

「物覚えがいいんだな。それなら……」

少し試してみよう、と思って太一郎は通りを見回した。するとうまい具合に、恰好《かっこう》の人物が向こうからやってくるのが目に入った。

「お縫ちゃん、あの人は誰だか分かるかい。会ったことはないだろうけど、名前は聞いているはずだ」

「何か大きな物を抱えていらっしゃる、お若い男の方でございますか。ちょっと分かりかねますが……」

お縫は首をかしげた。

「もう少し近づいたら思い浮かぶかもしれない。しかし、それにしてもなかなか来ないな」

その人物は他にも背中に何か大きな物を括《くく》りつけているようだ。そのせいで進むのがやけに遅い。

「ああ、お顔が少し分かるようになりました。どことなく胡散《うさん》臭そうな感じの方でございますね。わりと身なりはちゃんとしているのに」

「うん、すごいな。まさにそういう男だよ」

「それから、抱えている物は……枕屏風《まくらびょうぶ》のように見えます」

「そうだね。背中に括りつけているのは多分、鏡台だな」

「え？　だってそれは昨日、巳之助さんが……ああ、分かりました」

お縫の顔がぱあっと明るくなった。

「前はこの辺りで遊び人と呼ばれていた鼻つまみ者だったけど、巳之助さんに殴られたことで改心し、今では真面目に働きながら『もう一段上の粋な大人の遊び人』を目指しているという、茂蔵さんでございますね。でも子分とか弟分といった立場の方が生き生きとする人だから、誰もそうなれるとは思っていないという……」

「う、うん。その通りだ」

峰吉か清左衛門か分からないが、なかなかひどい伝え方をしているようだ。しかも悲しいことに、まったく間違ってはいない。

「お縫ちゃんの言う通り、あれは巳之助の弟分の茂蔵だよ。どうやら巳之助のやつは、茂蔵の所に枕屛風と鏡台を持っていったみたいだな」

兄貴分の言うことには逆らえないから、きっと茂蔵は昨夜、あの鏡を使って枕屛風を覗《のぞ》いたに違いない。それで幽霊を見てしまい、こんな朝早くにやってきたというわけだろう。

多少は気の毒かな、と思いながら眺めているうちに、ようやく茂蔵は皆塵堂の近くまでたどり着いた。

「た、太一郎さん、あっしはゆうべ、とんでもない目に遭《あ》ったんですよ」

「わざわざ重い荷物を抱えてやってきたのに悪いが、どんな目に遭ったのか俺には分かる。だから別に話さなくていいぞ」

「せっかく来たんですから、そんなこと言わずに聞いてくださいよお」

茂蔵は運んできた枕屏風を隣の米屋の前に置いてあった大八車の上に載せると、へなへなとその場に座り込んだ。住んでいる長谷川町から急いで歩いてきたのだろうから無理もなかった。

「と、とりあえずご挨拶《あいさつ》を。太一郎さん、おはようございます。それからお縫姐《ねえ》さん、お初にお目にかかります。あっしは茂蔵という……」

「うん、ちょっと待った。鏡とか枕屏風のことよりはるかに気になることが出てきたぞ。お前、今、お縫ちゃんのことをなんと呼んだ？」

「お縫姐さんと」

「それはさすがに……」

茂蔵はたまに清左衛門のことを大親分と呼んでしまって叱《しか》られることがあるが、それはまだ分かる。しかし十くらい年下のお縫のことを姐さんと呼ぶのは、さすがに無理があるのではないだろうか。

「いや、太一郎さん、よく聞いてください。あっしもね、巳之助さんからお話を伺った時には悩みましたよ。はたしてどう呼ぶのが正しいのだろうと。で、いろいろと考えたのですが、何よりもまず、あっしは巳之助さんの弟分なんですよ。一番大事なそこから考え始めないと駄目《だめ》なんです。太一郎さんは、巳之助さんと兄弟分でいらっしゃるお方だ。その太一郎さんは皆塵堂で働いていた時期があり、その時にはすでに峰吉がいた。もし職人なら、峰吉は太一郎さんの兄弟子ということになる。そしてその妹がお縫さんなわけですが、同時に大和屋という立派な札差《ふださし》のお嬢様でもあるわけです。そういう諸々のことを考えた結果、これはお縫姐さんと呼ぶのが正しいのではないかと……」

「いや間違ってるだろ」

太一郎はあっさりと斬り捨てた。

そもそも、太一郎と巳之助はただの幼馴染《おさななじみ》であって、兄弟分などと言われる間柄ではない。それに茂蔵は、峰吉のことは呼び捨てにしているではないか。矛盾している。

「まあそんなわけでお縫姐さん、あっしは茂蔵と申します」

「あ、はい。初めまして。縫、と申します。私の呼び方については、どうぞ好きになさってください」

姐さん、という呼ばれ方を受け入れたようだ。本人が構わないなら太一郎は何も言えない。

「それでは茂蔵さん、お疲れのところを申しわけないのですが、さっそくゆうべ見たことを話していただけますか」

お縫はそう言うと、そそくさと皆塵堂の中に入っていった。

「ちょっと兄さん、なに寝直してんのよっ」

すぐにお縫の声が響き渡った。外にいても聞こえやすい、本当によく通る声だった。

二

昨夜の話である。

茂蔵は不意に目を覚ました。

目を開けて初めに思ったのは、部屋が明るいから起きてしまったんだな、ということだった。油がもったいないので、いつも寝る時は必ず行灯《あんどん》を消すのだが、それが点《つ》いていたのだ。

うっかり消し忘れたようだ。そう考えながら茂蔵は体を起こそうとした。だが、布団のそばに見慣れぬ物が置いてあることに気づいて、その動きを止めた。

思い出した。そこにあるのは、夜の五つ頃に急に訪ねてきた巳之助が無理やり置いていった枕屏風と鏡台だ。

巳之助は、お縫という峰吉の妹についてはあれこれ話して帰っていったが、この枕屏風と鏡台のことは何も言わなかった。夜中に、鏡越しに枕屏風を見ろと命じただけだ。明かりを点けたままにしていたのは、そのためだった。

茂蔵が住んでいるのは、小間物《こまもの》を商っている大黒屋という店である。長谷川町の裏通りに面した、さして広くはない店だが、そこで働いているのが店主の益治郎と奉公人の茂蔵の二人だけだと考えると、決して狭いわけでもなかった。一階は店土間と帳場、その先にもうひと部屋あって裏口になる。その裏口側の部屋の隅に梯子段《はしごだん》があり、それを上がった二階には部屋が二つある、という造りだ。

一階の部屋は物置のようになっているので、茂蔵と益治郎が寝ているのは二階だった。梯子段を上がってすぐの部屋が茂蔵で、その先にあるのが益治郎の寝間である。どちらも四畳半ほどの広さだが、茂蔵が使っている部屋の方が、隅に梯子段がある分だけ狭い。

鏡台は壁にくっつけるようにして置いているが、枕屏風の方は裏側に少し余裕を持たせている。人が通れるくらいの間は空けるように、と巳之助に言われたからだ。狭い部屋なので、そうすることで鏡台も枕屏風も布団のすぐ脇に置くことになってしまった。

――まあ、枕屏風ってのはそうやって使うのだから文句は言えないが……。

布団の頭に近い方の角に立てて、周りからの目隠しにしたり、明かりが顔に差さないようにしたりする物だ。使い方は間違っていない。ただ……。

――それを鏡越しに覗けってのがな……。

しかも裏側に余裕を持たせられている。これはもう、そこに何かが映るぞと言っているようなものではないか。

茂蔵は鏡を見ないようにしながら、ゆっくりと体を起こした。布団の上にあぐらをかいて腕を組み、難しい顔をして「さて、どうするかな」などと呟いてみる。

しかし、そんなことは考えるだけ無駄だと自分が一番よく知っていた。巳之助に命じられたからには、やるしかないのだ。

布団の上に座っている今の茂蔵からだと、枕屏風は左側のやや斜め後ろに立ててあることになる。鏡台があるのはすぐ右側だが、鏡の面はほんの少しだけ茂蔵の後ろの方に向けてある。だから首を右に捻《ひね》ったら、ちょうどいい具合に鏡に映る枕屛風が見えるはずだ。

悩んでいても始まらない。どうせやらなければならないのなら、早いうちに……。

茂蔵は息を吸い込み、それをゆっくりと吐《は》き出した。

「よしっ」

気合を入れて、勢いよく横を向く。その目の先には、隣の部屋との間を仕切っている襖があった。

「ああ、駄目だ。思わず反対側を見ちまった」

茂蔵が顔を向けたのは左の方だった。

間抜けではあるが、そうしたことで一ついい点があった。左を向くとどうしても枕屛風が目に入ってしまうが、その周りには誰もいないことが分かったのだ。

――ありもしないものを鏡が映すはずはないんだから。

茂蔵は自分に言い聞かせながら、再び顔を正面に向けた。先ほどと同じように、吸い込んだ息をゆっくりと吐き出す。

「うりゃっ」

掛け声とともに素早く横を向いた。

襖が見えた。

「ああ、やっぱり駄目だ。俺はもう左しか向けねえ」

我ながら情けないと思わなくもなかったが、これは念のために枕屏風の周りに誰もいないことをもう一度確かめただけだから、と前向きに捉《とら》えることにした。

――さあ、三度目の正直だ。

茂蔵は正面を向いた。また息を大きく吸い込み、それをゆっくり吐きながら、右、右、と呟く。右、右、右、右……。

「どりゃ……うおおお」

今度こそ茂蔵は右を向いて鏡を見た。枕屏風の上に頭を出し、茂蔵の様子を楽しそうに眺めている幼い男の子の姿がそこに映っていた。

「こんな風に、ちょっと手を伸ばせば届く所に顔があるんですよ。もう怖いのなんのって」

皆塵堂の、作業場の隣の部屋である。まだ敷かれたままだった峰吉の布団の上で、昨夜の出来事を茂蔵が説明しているところだ。

実際に鏡台と枕屏風を両脇に置いているが、本物なのは鏡台だけだった。枕屏風の方は皆塵堂の店土間の隅で埃《ほこり》を被《かぶ》っていた別の物を使っている。茂蔵が怖がったからだが、それだけではない。太一郎が、避けた方がいいと考えたのである。だから幽霊が取り憑《つ》いている枕屏風は、畳んで奥の座敷の壁に立てかけてある。

「屏風の上に手をかけて、向こう側から子供が覗いてるんです。もうね、叫びましたよ。その声で益治郎さんが起き出したくらいなんだから」

「お前はともかく、益治郎さんが気の毒だな」

暑い夏なのに襖が閉められていたのは、そうするように巳之助に言われたためらしい。別に茂蔵はいいが、益治郎は災難だった。きっと寝苦しかっただろう。しかもそれに加えて、茂蔵の声で起こされる羽目になるなんて、迷惑な話である。

「いや、太一郎さん、あっしのことも気の毒がってくださいよ」

「ああ、もちろんそう思っているよ。お縫ちゃんの手前、あまり詳《くわ》しいことまでは教えられないのだが……正直、巳之助だったら平気だと思って持ち帰らせたんだ。それがまさか、よりによって茂蔵の手に渡されるとはね。本当に気の毒なことになった。ご愁傷さま」

「太一郎さんにそんな風に言われると余計に怖いじゃないですか。どうか気の毒がらねえでください」

「どうしろって言うんだ」

「太一郎さんの言い方が悪いんですよ。まるでこの後もまだ何か起こるような……ちょっと太一郎さん、目を逸《そ》らさねえでくれませんか」

太一郎は横目でお縫の様子を見た。この枕屏風の件の腕試しを続ける気があるか確かめたのだ。できればこのあたりで手を引いてほしいと思っていた。

しかしお縫は探るような目で奥の座敷にある枕屏風を熱心に見つめていた。まだやる気があるらしい。

「……なあ茂蔵、大黒屋からここまで来る間に、何か妙なことはなかったか」

それなら少し脅《おど》しをかけてみるか、と思い、太一郎は茂蔵に訊《たず》ねた。

「例えば、声がしたとか」

「太一郎さん、なんで分かるんですかい。しましたよ、声。子供がクスクス笑う声がたまに聞こえたんです。こんな朝っぱらから餓鬼《がき》が遊んでいやがる、と思って周りを見回したんですが、納豆売りとか豆腐売りの爺《じい》さんしか歩いてなくて」

「それ、枕屏風から聞こえてきた声だぞ。お前、子供に気に入られたんだよ」

「脅かさないでくださいよ」

茂蔵は顔をしかめた。

実際、太一郎が恐れていたのはこの点なのだ。子供の幽霊を相手にする時に最も気をつけなければならないのは「懐かれないようにすること」なのである。

だから昨日は、巳之助が鏡台と枕屛風を持ち帰ることに同意したのだ。お縫くらいの年の女の子だと危ないが、巳之助なら平気だと思ったのである。

なにしろこの棒手振《ぼてふ》りの魚屋は、近所の子供が肝試しで見物に来るような顔をしているのだ。幼い子供が泣きやまない時に、「巳之助さんの所に連れていくよっ」と言うとぴたりと泣きやむ、なんて話を聞いたこともある。だから、まず懐かれることはないはずだと考えたのだ。

茂蔵も本来なら子供が寄りつかない男なのだが、鏡を覗く前に無駄な動きをしすぎたようだ。そのせいで面白そうな人だと思われたのだろう。不運だった。

――さて、お縫ちゃんは今の話を聞いてどう思ったかな。

あまり教えすぎると腕試しにならないが、子供が取り憑《つ》いていることまでは分かっているのだからと思い、ここまでは手引きした。あとはお縫がどうするか、である。場合によってはここでやめさせなければならないが……。

「……太一さん、申しわけありませんが、あの枕屛風を裏の蔵に仕舞《しま》っておいてくださいませんか」

お縫はそう言うと、屏風がある座敷とは反対の、作業場の方へと歩いていった。

「もちろん構わないよ」

太一郎は胸を撫《な》で下ろした。これでお縫が面倒なことに巻き込まれることは避けられた。それに多分、茂蔵の方も心配はないだろう。顔を覗かせはしたが、すっかり懐いたというわけではないからだ。子供の幽霊はまだ枕屏風に取り憑いたままなので、蔵に仕舞い込めば茂蔵に迷惑をかけることはあるまい。

「つまり、お縫ちゃんはもう、この件は諦《あきら》めたわけだね」

「いえ……そうではありません」

お縫は首を振った。

「小さい男の子の幽霊が憑いているようですから、それは何とかしたいと思います。その場伊平次さんが帰ってきたら、あの枕屏風をどこで仕入れてきたかお伺いして、その場所へ行ってみましょう。しかしわざわざ持ち運ぶ必要はないと思いましたので、仕舞うようお願いしたのです。太一さんもそうした方がいいと考えているように感じましたので」

お縫はそう言うと、作業場を通って店土間へと下りた。

「朝御飯の支度ができたか様子を見て参ります。今日もお隣でいただきますので、よろしかったら茂蔵さんもご一緒にどうぞ」

「左様ですかい。ちょうど腹が減っていたんだ」

「あ、でも茂蔵さんはお仕事がありますね。悪いから帰っていただこうかしら」

「ちょっと姐さん、朝飯くらい食わせてくれないと泣きますよ。枕屏風のことがあるから、益治郎さんからは急いで戻ってこなくていいと言われているんだ」

「それなら、支度ができたらお呼びしますので」

お縫は店土間を通り抜け、戸口から出ていった。

――ふむ。頭のいい子だな。

太一郎はお縫を見送りながらそう思った。どうやら俺の言いたいことをちゃんと分かってくれたようだ。

「兄さん、たまにはお布団くらい干しなさいよ。茸《きのこ》が生えるわよ」

店先にいる峰吉に、お縫が文句を言っているのが聞こえてきた。

――それに峰吉がいると、面白い子になるよな。

今日はあいつと、ついでに茂蔵も一緒に連れ歩いてやろう、と太一郎は思った。

三

枕屏風を皆塵堂に売ったのは、房次郎《ふさじろう》という名の筆作りの職人だった。

住んでいるのは皆塵堂と同じ亀久町にある裏長屋である。すぐ近くなので、太一郎とお縫、峰吉、茂蔵の四人は、朝飯を食べ終わったらすぐにやってきた。お志乃は後片付けがあるので米屋に残っている。

「いやあ、申しわけない。わざわざ来てくれたのに、お役に立てなくて」

居職ということもあり、房次郎は長屋の自分の部屋にいた。しかし、あの枕屏風については何も知らないという。

「初めからこの部屋にあったんだよ。大家さんに聞いたら、かなり前に住んでいた人が置いていった物だそうだ」

「お使いになったのですか」

お縫が訊ねると、房次郎は「うん、まあね」と頷《うなず》いた。

「ちょうど持っていなかったんでね。寝る時にわざわざ枕元に立てることはしなかったが、畳んだ布団を隠すのに使っていた。だけど……なんとなく見られているような気がするんだよ。部屋で仕事をしているとね。もちろん誰もいないんだけどさ」

「他には何かございませんでしたか。例えば、声のようなものが聞こえたとか」

「枕屛風からかい。怖いことを言うねえ。さすがにそんなことはなかったな」

「それなら……」

「顔は？　顔は出ませんでしたかい」

茂蔵が口を挟んだ。少しだけであるが、お縫がむっとしたように顔をしかめた。

「もっと怖いことを言うなあ。顔なんか出るわけないだろう。でもさすがに気味が悪いんでね、売っちまったんだよ」

「左様でございますか。それでは……」

「その枕屛風を買い取った皆塵堂の者でございますが、他に売るような物はございませんでしょうか」

今度は峰吉がお縫より先に話し出してしまった。お縫は茂蔵の時より強く顔をしかめて峰吉を睨《にら》みつけている。

この二人を連れてきてよかった、と太一郎は思った。やはり面白い。峰吉だけでなく、茂蔵もなかなかやる。

お縫は、この俺にはかなり丁寧《ていねい》な口調で話すが、決して猫を被っているわけではないだろう。相手によって対応が変わるのは誰にでもあることだ。他者である銀杏屋の主に対して「札差の大和屋の養女であるお縫お嬢様の顔」が出ているにすぎない。当然、峰吉に対しては「妹のお縫ちゃんの顔」が出てくる。茂蔵に対しては……よく分からないが、今回お縫が皆塵堂に来たのは、屋敷奉公に行く前に峰吉に会っておくため、というのも目当ての一つなのだ。それならなるべく「妹のお縫ちゃんの顔」を出させるように努めなければなるまい。峰吉は恥ずかしいのか、あまり一緒にいたくないようだが、そこはうまくやろう。場合によっては鰻《うなぎ》を餌《えさ》にすればいい。

「……ううん、どうだろう。何かいらない物があったかな」

房次郎が部屋の隅にあった行李《こうり》を開けて、中をごそごそと探り始めた。その背中に向けてお縫が訊ねる。

「この部屋に前に住んでいらっしゃった方の話をお伺いしたいのですけど」

「俺は何も知らないよ。大家さんに訊《き》いたらいいんじゃないかな」

「どちらにお住まいでしょうか」

「路地を挟んだ向かいの棟の一番端だよ。木戸口のすぐ前の部屋だ」

「それでは、私どもはそちらへお話を伺いに参ります。お忙しいところをありがとうございました」

お縫は礼を言うと、房次郎の部屋から出ていった。相変わらず素早かった。

「峰吉、俺たちも大家の家に行くぞ」

太一郎は峰吉に声を掛けたが、案の定、小僧は嫌そうな顔をした。

「ちょっと太一ちゃん、話を聞いてなかったのかな。おいらはここで仕事をしなければならないんだけど」

「可愛い妹に何かあったら大変だろう。ましてやお縫ちゃんは、大和屋のお嬢様でもあるんだ。ちゃんと付いていてやらなけりゃ」

「そのために太一ちゃんがいるんじゃないか。とにかくおいらは仕事があるから」

「ご近所さんなんだから、銭の支払いは後でも平気だろう。それなら茂蔵を置いていけばいい」

今度は茂蔵が嫌そうに顔を歪《ゆが》めた。

「ちょっと太一郎さん、なんであっしが古道具屋の仕事をしなけりゃならないんですかい」

「お縫姐さんのためだ。そしてお縫姐さんが喜べば、そのことは鳴海屋の大親分に伝わる。きっと大親分もお喜びになる。すると今度はそれが巳之助の耳に入り……」

「やりましょう」

茂蔵は大きく頷いた。

「峰吉、ここは何とかするからお前は先に行ってくれ。妹さんを大事にするんだぜえ」

「うん、まあ、別にいいけどさ……」

今の茂蔵にあまり関わりたくないとでも思ったのか、峰吉は大人《おとな》しく引き下がり、房次郎の部屋を出ていった。

太一郎は茂蔵を見直した。役に立たないように見えるが、これまでのことを考えると、案外といてくれて助かっている時も多い気がする。

茂蔵と鋏《はさみ》は使いようだな、と思いながら、太一郎も房次郎の部屋を離れた。

長屋の大家は孫右衛門《まごえもん》という名の年寄りだった。

かなり長い間ここの大家をしているらしく、枕屛風の元の持ち主のこともよく知っていた。

「あの部屋にはかつて、秀五郎《ひでごろう》さんという櫛職人が住んでいたんだ。文太《ぶんた》という五つになる男の子と一緒にね。かみさんは、その文太を産んですぐに亡くなって、父《ふ》と子の二人で暮らしていた。だけどある冬、文太が病に罹《かか》ってしまってね。しばらく臥せった後に亡くなってしまったんだ。あの枕屏風は、その時に文太が使っていた物だよ。元々はそんな物は置いていない部屋だったんだが、わざわざ買ってきたらしい」

「昼間でも眠れるように、少しでも陰になるようにしたということでしょうか」

お縫が訊くと、孫右衛門は「ううん」と唸《うな》りながら小首を傾げた。

「多分、それもあると思う。だが、それよりも余計なものが目に入らないようにしたんだろうな。秀五郎さんは居職で、同じ部屋で仕事をしている。当然、文太は気になるわけだよ。それに五つなんて遊びたい盛りだから、父親にちょっかいを出したがるんだ。特に文太の場合は、この長屋に同じ年頃の子供がいなかったせいで、病に罹る前から父親が遊びの相手をすることが多かったから」

まあ儂《わし》もよく相手をさせられたが、と呟き、孫右衛門はため息をついた。

「たとえ具合が悪くても、遊びたかったのでしょうね」

「うむ、そうだろうね。大人しく寝てなきゃ駄目なのに、すぐに枕屏風の向こうからこちらを覗こうとするんだ、と秀五郎さんは嘆いていたよ。それがために亡くなったとは思いたくないが、体にはあまり良くなかったかもな」

孫右衛門の瞬《まばた》きの数が明らかに増えた。多分、泣きそうなのを堪《こら》えているのだろう。

「……その後、秀五郎さんは引っ越していかれたとのことですが、どうしてその枕屏風を置いて……ああ、いえ、これは訊くまでもありませんでした」

お縫は頭を下げた。秀五郎にとっては辛《つら》い思い出しかない道具だ。まだ子供のお縫にもその気持ちが分かったのだろう。

「秀五郎さんがどちらへ引っ越されたのか、大家さんは知っていらっしゃいますか」

「上州の人でね。故郷へ帰っていったよ。儂も途中まで見送りに出たが、去っていく背中がえらく寂しそうでね。あの人にとって江戸は悲しいだけの土地なのだろうなと思って、申しわけない気持ちになったよ」

「ありがとうございました」

お縫は礼を言うと、そそくさと孫右衛門の部屋を出ていった。

元から去り際がやけに早い娘だが、今は特にそうだった。それに話もいきなり切り上げた感じだ。

太一郎は不審に思い、戸口から首を出して離れていくお縫の様子を覗いてみた。

背中越しであるが、お縫が手を目元に持っていくのが分かった。

四

皆塵堂に戻ると、お縫が店土間に溢《あふ》れている古道具を引っ掻《か》き回し始めた。

戸口の外にあった桶《おけ》の山を店の外に放り出す。箱や行李、長持《ながもち》など、蓋のある物はすべて開けて中を確かめる。箪笥《たんす》の引き出しは、やはりすべて引っ張り出す……。

初めのうちは片付けをしているのだろうと思って眺めていた太一郎だが、だんだんと心配になってきた。明らかに違う。むしろその反対だ。元から汚い皆塵堂が、さらにひどい有り様になっていく。

「あのさ……お縫ちゃん、ちょっといいかな」

壁際に並んだ二つの箪笥の間に腕を突っ込んでいるお縫に、太一郎は恐る恐る声を掛けた。

「いったい何を……」

「あっ、取れた」

お縫が腕を引き抜いた。

その手に持っている物を見て、太一郎はお縫のしていることに合点がいった。お縫が拾い上げたのは独楽《こま》だったのだ。

「そうか、子供が遊べるような物を探しているんだね」

「はい。蔵にある枕屏風の横に置こうと思うんです。それも、できるだけたくさん」

お縫はそう言うと、再び古道具の山を引っ掻き回し始めた。

——ふむ。

どれくらいの時がかかるか定かではないが、男の子の幽霊はそのうち消えてしまうはずだ。それまで枕屏風は皆塵堂の裏の蔵に置いておくことになるが、男の子が寂しがらないように何か遊べる物を、というお縫の気持ちはよく分かる。

別にそのせいで男の子が長く居着いてしまうということはないだろう。むしろ満足して、早くあの世へと旅立っていくのではないだろうか。

——いずれにしろ、大した差はあるまい。

それなら自分もお縫を手伝おう。太一郎はそう決めて、店の外に出された桶のうちの一つを手にした。落ちていると危ない刃物や、先の尖《とが》っていそうな物を集めながら、おもちゃになりそうな道具も探すことにしたのである。

「……お前も妹を手伝えよ」

その前に太一郎は、自分と同じように店の外からお縫の様子を呆然《ぼうぜん》と眺めていた峰吉に声を掛けた。

「え……いや、おいらは別のことをするよ」

峰吉はそう言うと、足下に気を付けながら店土間を通り抜け、作業場に上がった。

「下を見ながらそこを歩いたのは久しぶりだよ」

「そいつはよかったな。それで、お前は何をするつもりだ。妹がこんなに一生懸命やっているというのに」

「作るんだよ」

峰吉は作業場に置いてある、壊れた物を直す時に使う道具が入っている箱を開けた。

「目当ての古道具がこの店のどこにあるかは分からないけど、何がないかは分かる。買い取った品物のことは覚えているからね。だから、お縫や太一ちゃんが探しても出てこない物を作るんだ」

「ほう」

峰吉は器用な小僧だから、竹とんぼくらいの物だったら、あっという間に作ってしまう。皆塵堂の店土間から子供の遊び道具を掘り出すより早いし、確実である。

「ならば峰吉はそうするとして……そもそも伊平次さんはどこ行ったんだ」

考えてみると、長屋から戻ってきた時、店には誰もいなかった。

「さあね。別に珍しいことじゃないよ。おいらは最近、たまに外へ古道具の買い付けに行かせてもらえるようになったけどさ。帰ってくると誰もいないことがあるんだよね。周りの店の人に声をかけて、ここの店番も頼んでいるみたいだけど」

「さすがだな、伊平次さん……」

そこまでしても釣りに行きたいというのなら、諦めるしかない。

だが、今はもしかしたら隣の米屋にいるだけかもしれない。少なくともお志乃は間違いなくいるはずだから、まずは呼びに行くべきだろう。人数は多い方がいい。怪我をしないよう気をつけてとお縫に告げてから、太一郎は隣の米屋に向かった。


半時後、ようやく作業をやめる気になった一同は、作業場の前に集まってそこに積まれた子供の遊び道具を眺めた。

「いやあ、探せば見つかるものだねえ」

しみじみと言ったのは伊平次である。釣りに出かけたわけではなく、隣の米屋で店主の辰五郎と喋っていただけだったので連れてきたのだ。すぐに奥の座敷に行って煙草を吸い始めてしまうのであまり役には立たなかったが、いないよりはましだった。

「しかしおもちゃじゃなくて、ただの木彫りの置物ってのが多いな」

伊平次とともに連れてきた辰五郎が言った。

確かにおもちゃではないが、虎、鯉、蛙《かえる》、熊など様々な物があるので、男の子の幽霊もきっと楽しんでくれるに違いない。

「私が見つけた物で遊んでくれるといいのですが……」

お志乃が呟いた。羽子板《はごいた》や手鞠《てまり》、お手玉、おはじき、人形など、女の子が遊ぶ物ばかり集めてしまったので気にしているようだ。

「いや、たくさん見つけてくれたので助かったよ。人形はどうか分からないけど、他の物は男の子でも十分に遊べると思う」

太一郎はそう言ってねぎらった。

「ありがとうございます。銀杏屋さんもしっかり見つけ出していましたね。さすがでございます」

お返しにお志乃も太一郎を褒《ほ》めてくれた。しかし本音かどうかは怪しかった。太一郎が古道具の山から掘り出したのは二つだけで、それも小さい太鼓《たいこ》と笛だったのだ。もし男の子が蔵でこれを使って遊んだら、うるさくなりそうである。見つけない方がよかったかもしれない。

「お縫が見つけたのは独楽と駒か。くだらないな」

峰吉が少し小馬鹿にしたような感じで言った。

駒とはもちろん、将棋の駒である。実は皆塵堂にはこれがやたらと落ちている。しかしこれまでにすべての駒がそろっているのを見た者はないという。伊平次や辰五郎が、ちょっと将棋でも指そうか、と思って拾い集めると必ず駒が偏《かたよ》るらしい。飛車が五枚で王将が一枚とか、香車だけ十枚くらいあるとか、妙な将棋になるそうだ。

今、お縫が集めた駒も、ざっと見たところでは歩が足りなそうだった。

「別に洒落《しゃれ》で笑わそうとしているわけじゃないから。それに、かるたと双六《すごろく》も見つけたしね。兄さんの方こそどうなのよ」

お縫は峰吉が作った物に目をやった。

「竹とんぼと風車、それから凧《たこ》も作ったのね。ふうん……悪くはないわね」

そう言ったお縫の顔は少し悔《くや》しそうだった。

この仲のよい兄妹《きょうだい》のやり取りをもっと聞いていたいところだが、そうのんびりもしていられない。この後は、またお縫が見つけてきた幽霊の噂《うわさ》がある場所とやらを回らなければならないからだ。残念だと思いながら、太一郎はお縫に声をかけた。

「男の子が遊べる物を集めようと考えたのはお縫ちゃんだし、こうして手伝ったたってことは、みんなもそうするのがいいと思ったからなんだ。枕屛風の件は……いや、枕屛風の件も、お縫ちゃんは正しいやり方を取ることができた。幽霊の扱いにかけては、もう俺より上なんじゃないかな」

「ありがとうございます」

お縫は太一郎に頭を下げた後、自慢げな顔を峰吉に向けた。

「そういうことよ、兄さん」

「太一ちゃん、妹はこんなことを言っているけど、本当のところはどうなの。男の子の幽霊はこの道具を使って遊んでくれるのかな」

「きっと遊んでくれるさ」

「そうして、いずれはちゃんと消えてくれるのかな。むしろそっちの方が大事なことだろう」

「そ、そうだな」

日頃は幽霊のことなんかどうでもいいという顔をしている峰吉が、こんな風に言うのは珍しい。太一郎は面喰《めんくら》った。

「こういう遊び道具があったとしても、うちの蔵みたいな所にいつまでもいるべきではないと思うんだ。一日でも早くあの世へと旅立った方がいい」

「う、うむ。その通りだ。峰吉、たまにはいいことを言うじゃないか」

「そうすれば、この遊び道具はまた店に出せる」

「……うん？」

「今までは、ばらばらに散らばって他の古道具の下に埋もれていたから見向きもされなかったけど、まとめて並べておけばお客の目に留まると思うんだよ。せっかくこれだけの遊び道具が集まったんだから、早く出さないともったいない」

「そ、そうか……」

やはりいつもの峰吉だった。

「まあ、確かに今なら店土間もすっきりしているしな」

太一郎は振り返って皆塵堂の店土間を眺めた。

初めのうちはただ闇雲に古道具の山を掘り返して遊び道具を探していたせいで、見るも無残な有様になっていた。しかし途中からは片付けながら見つけ出すというやり方に変えたので、始める前より店土間が綺麗《きれい》になっている。

「ねえ、太一ちゃん。おいら思ったんだけどさ……いっそ遊び疲れちゃうくらいの方が、早く満足してあの世へ行けるんじゃないかな。かるたとか双六もあるし、遊び相手がいた方がいいのかもしれない」

「おいおい、まさかもう一人、子供の幽霊を探してこいなんて言うつもりじゃないだろうな」

「別に太一ちゃんが相手をしてあげてもいいんじゃないの。他の人でもいいけどさ」

「まあ茂蔵あたりなら男の子も懐いて……あっ」

すっかり忘れていた。枕屛風のことを調べに行った長屋に茂蔵を置いてきたままだった。

あれから半時も経っているというのに、いまだに帰ってこないのはどういうことなのか。大黒屋へ戻るにしても、ひと言くらいあってもいいはずだ。

もしかしたら昔の悪い癖が出て、どこかへ遊びに行ってしまったのかもしれない。

「……うん、茂蔵ならいいかもしれないな」

もちろん本気ではない。だが、一晩くらいなら蔵に閉じ込めてみても面白いのではないだろうか。そう思いながら太一郎は積み上がった子供の遊び道具を再び眺めた。

鍵の在《あ》り処《か》

「ちょっと太一郎さん、いくらなんでもそいつは酷《ひど》すぎるんじゃありませんかい」

茂蔵が文句を言っている。

お縫が仕入れてきた次の幽霊の噂《うわさ》がある場所へ向かっている途中である。歩いているのは竪川に架《か》かる四ツ目之橋の近くだ。この辺りまで来るともうほとんど町家はなく、その代わりに田畑が広がっている。大名の中屋敷や下屋敷のものと思われる木立《こだち》も多く目に留まる、とても眺めのよい場所だ。

「たとえ本気ではないとしても、あっしをあの皆塵堂の蔵に閉じ込めて子供の幽霊と遊ばせようと思うなんて……」

昼まではまだ間があるが、すでに夏の強い日差しが降り注いでいる。しかし田んぼの稲の上を渡ってくる心地良い風があるので、ただ暑いだけではなく、かすかな爽《さわ》やかさも感じられた。

「そもそも、あっしのことをすっかり忘れて先に帰っちまうのがおかしい。こっちは頼まれた古道具屋の仕事を真面目にしていたっていうのに……」

太一郎と茂蔵の他に、お縫とお志乃、それと峰吉も一緒にいた。女二人が前を行き、少し遅れて三人の男がぶらぶらと歩いている。

「房次郎さんの所でいらない古道具をやっと渡されて、大家さんの部屋に行ったら、太一郎さんたちはとっくに帰ったって言われて……」

お縫によると、これから訪れるのは宇野屋《うのや》という藍玉《あいだま》問屋が持っている寮とのことだった。そこに男の幽霊が出るという。

「あっしも急いで皆塵堂に戻ろうとしたんですよ。ところが、大家さんがあっしの手にしている古道具を見咎《みとが》めましてね。古ぼけた箱膳だったんですが、なんでそんな物を持っているのだと訊《き》くわけですよ。で、わけを話したら、儂《わし》の所にもいらない物があったはずだと探し始めちゃって……」

元々その寮は斗枡屋《とますや》という酒問屋が持っていたものだったが、そこを使っていた隠居が亡くなったので、置かれていた家財道具もそのまま売りに出されたそうだ。買ったのが宇野屋で、いくつかの家財道具は売ったが、箪笥《たんす》などの大きな物は残して、自分たちで使うようにしたらしい。ところが、その箪笥の横に夜な夜な六十くらいの男の幽霊が立つ……というのがお縫の聞き込んできた話だ。

「仕方がないので大家さんのことを待っていたら、なぜか長屋の他の住人がわらわらと集まってきましてね。何をしているんだと訊いてくるんです。で、こういうことだと話したら、あたしの部屋にも何かあるかも、俺の所にもいらない物があったはずだ、などと言って散っていきまして……」

どうやらその幽霊は、寮の前の持ち主である斗枡屋の隠居らしい。宇野屋の主《あるじ》はその隠居と知り合いだったので間違いないという。

「さすがに数が増えると、もたもたする人も出てくるんですよ。それで随分《ずいぶん》と長くかかっちゃいましたけど、たくさんの古道具が集まりました。あっしの目から見ても大した物はありませんでしたよ。でも皆塵堂なんだからそれも構わないわけでね。長屋の人に背負い籠《かご》を借りてそれらを入れ、あっしは意気揚々と皆塵堂に戻ったんです。そうしたらびっくりだ。みんなで、どうやってあっしを蔵におびき寄せるか、なんて相談をしているではありませんか」

「……だから、あれは本気じゃないんだよ」

「太一郎さんはそうかもしれませんが、峰吉は本気だったような……」

茂蔵が横目で峰吉を見た。小僧は悪びれもせず「もちろんだよ」と真顔で答えた。

「……あっしはかつて遊び人の茂蔵なんて呼ばれて、まあ言ってしまえば鼻つまみ者だったわけですが、近頃思うことがあるんですよ。皆塵堂の人たちと比べると、あっしは案外まともな人間なんじゃないかと……」

茂蔵はそこで、ふうっ、とため息のようなものを吐《つ》いた。

「……とにかくやっと皆塵堂に戻れたので休んでいたら、いくらもしないうちに太一郎さんに風呂敷に包んだ重い物を背負わされて、さあ行こう、ですよ。いったい何を背負っているんですかい、あっしは」

「ああ、それは懸硯《かけすずり》という物だよ。持ち運びができる硯箱だが、船乗りたちが金を入れるのに使うことが多いな」

今向かっている寮の話を聞いた時、太一郎はそこの前の持ち主の店の屋号が「斗枡屋」だということが気になった。昨夜、皆塵堂に泊まった際に六十くらいの年の男の幽霊が出てきたが、そいつが持っていた提灯《ちょうちん》に枡がたくさん描かれていたのを思い出したのだ。正しい数は定かではないが、枡は十くらいあった。つまり「とます」

だ。

年回りから考えても、昨夜の幽霊は斗枡屋の隠居で間違いあるまい。そう考えた太一郎は、男の幽霊がもう一方の手に提げていた懸硯を、皆塵堂の蔵から出して茂蔵に持たせたのである。

ただし、腕試しに関わってくるかもしれないので、このことはお縫には知らせていない。

「なんか、からんからんと音がするんですけど」

「ああ、それは引き出しの中に鍵が入っているんだ。その引き出しは錠が掛かっていて、鍵が取り出せないんだよ。だから音は気にしなくていい。それから懸硯には提げ手が付いているけど、背負わせた方が楽だと思って風呂敷に包んだんだ。それでも大変なようなら、この辺りで交代してもいいけど……」

「ああ、いや、あっしが運びますよ。今日の昼は鰻《うなぎ》を食わせてもらえるんだ。それを思えばこれくらい屁でもありませんや」

鰻嫌いの太一郎はもちろん外れるが、お縫とお志乃、峰吉はこれから行く宇野屋の寮の件が終わったら鰻屋へ回ることになっている。そこに茂蔵も加えてもらえることになったのだ。

鳴海屋の清左衛門も一緒に鰻を食いに行くので、どこかで待ち合わせているようである。しかし興味のない太一郎はその場所を訊《き》いていない。もちろんどこの鰻屋へ行くのかも知らない。

「太一郎さんの分までたらふく食わせてもらいます。お化け話が好きなお縫姐《ねえ》さんには何か喜ぶようなことを喋《しゃべ》りますし、鳴海屋の大親分の肩だって揉《も》んじゃう。ですから太一郎さんは安心して、皆塵堂の裏の長屋の飯炊き婆《ばあ》さんが作った握り飯を食らってください」

「あ、そう」

そんなことを言われても腹は立たない。自分にとっては鰻より、婆さんの握り飯の方がましなのだ。

「おっ、姐さんたちが立ち止まっていますよ。あそこが男の幽霊が出るとかいう寮なのかな。そのわりに大した家ではないけど。もしかして、間違っているんじゃないですかね」

寮というのは別荘のことで、今いるような風光明媚な土地にある場合は、百姓家などを造り直したわりと広めのものが多い。しかしお縫とお志乃が立っているのは、町中にあるしもた屋といった風情の家の前だった。

「いや……あそこで合っているみたいだな」

太一郎にはお縫たちの背後にもう一人、六十くらいの年の男が立っているのが見えていた。昨夜、皆塵堂に現れた男である。

その男は太一郎と目が合うと頭を下げ、家の中に入っていった。懸硯を持ってきてよかったな、と思いながら太一郎はその姿を見送った。

二

今の寮の持ち主である宇野屋の主は嘉右衛門《かえもん》という名だった。年は五十くらいに見える。懸硯の男の幽霊より十くらい下だ。

「まさか大和屋のお嬢様に、こんなみすぼらしい場所までお越しいただけるなんて、なんとも……」

「さっそくお話をお伺いしたいのでございますが」

面倒臭《くさ》そうな挨拶《あいさつ》を始めようとする嘉右衛門をお縫がぴしゃりと止めた。毎度のことであるが、話が早くて助かると太一郎は思った。

「こちらに出る幽霊は、この寮の前の持ち主ということでございましたね」

「え、ええ……」

嘉右衛門は少し戸惑った表情を見せたが、すぐに気を取り直したらしく、勢いよく喋り始めた。

「六兵衛《ろくべえ》さんとおっしゃる、新川《しんかわ》の酒問屋、斗枡屋のご隠居さんです。店を息子さんに譲って、この寮に籠《こ》もっておいででした。おかみさんを早くに亡くされた方ですので、ほとんどお一人で過ごされていたようです。まあ、そうは言ってもたまに店の者が様子を見に来たでしょうし、知り合いも訪ねてきましたけど。私もそのうちの一人でしてね。碁《ご》を通じて知り合ったのですよ。私も六兵衛さんも碁は好きだけどあまり強くはなくて、互いに相手としてちょうどよかったんです」

嘉右衛門はそう言うと、部屋の隅に目をやった。そこには上に碁笥《ごけ》の載った碁盤《ごばん》がひっそりと置かれていた。

「六兵衛さんが亡くなられた後で、私がこの寮を買ったのですが、家財道具などが残されたままでした。あの碁盤もそのうちの一つですよ」

物は悪くなさそうだな、と思いながら太一郎はその碁盤を見た。ここに清左衛門がいたら、使われている木のことを長々と喋りそうだ。

ただしその碁盤は、嘉右衛門がこの寮の持ち主になってからは使われていないようだった。上にうっすらと埃《ほこり》が積もっている。六兵衛が亡くなってからは、ちょうどいい強さの相手が見つからなかったのだろう。

「さすがに残されていた物すべてをそのまま置いておくわけにはいかず、いくつかは売りました。この部屋の中で六兵衛さんがいた時からあるのは、その碁盤と、あちらの箪笥だけです」

嘉右衛門が、碁盤が置かれているのとは反対側の壁際《かべぎわ》にある箪笥を指差した。

しかし太一郎は箪笥へは目を向けず、まだ風呂敷に包まれたままで茂蔵の足下に置かれている懸硯を見た。嘉右衛門が売った物の中に、それも入っていたはずだ。

「ここに出るのは六兵衛さんの幽霊だと聞いております。それが分かっているということは、宇野屋さんご自身がその幽霊をご覧になったのでございますね」

お縫が訊《たず》ねた。当然、嘉右衛門は頷《うなず》くだろうと思いながら太一郎は眺めていたが、意外なことに首を振った。

「いえ、見たのは私ではなくて……む、娘でございまして。この寮はその、娘がよく使っているのですが、夜になると箪笥の横に立つのだそうです。その幽霊の風体を私が聞いたところ、どうやら六兵衛さんで間違いないようでございまして。ああ、今日は、娘は来ていません」

嘉右衛門の話し振りから、実の娘ではなさそうだぞ、と太一郎は思った。恐らく妾《めかけ》だろう。寮は妾宅として使われることも多いのだ。きっと嘉右衛門は、話している相手がまだ子供のお縫なので、妾ではなく娘ということにしたに違いない。

「左様でございますか。それでは……兄さん」

「はいはい」

さすがに三度目なので峰吉にも分かっていたようだ。お縫に呼ばれるとすぐに箪笥の横に立った。

「いかがでございましょう。幽霊が立つという場所で合っていますか」

「はい。私が娘に聞いたのは、まさにその場所でございます。そこから娘を睨《にら》んでいたみたいです」

峰吉がぐっと目に力を入れた。

この後に鰻が食えるということで機嫌がいいのか、峰吉は今日はしっかりと幽霊役をやっている。それはそれで面白いが、残念ながら今回は森島屋や天城屋の時とは違い、峰吉と幽霊が重なってはいなかった。

太一郎は峰吉から目を離し、箪笥があるのとは反対側の部屋の隅を見た。

六兵衛の幽霊は今、そこに立っている。碁盤の横だ。誰かを睨むということもなく、ただぼんやりと成り行きを見守っている様子である。

——この人も肝心なことは教えてくれないみたいだな。

わざわざ皆塵堂まで出張《でば》ってきて、頭を下げたのだ。何かしてほしいことがあるのは間違いあるまい。しかしそれが何であるかまでは、やはりまだ分からなかった。本人がそれを隠しているようなのだ。

ただし、いくつか気にしている物があるのは感じた。簞笥と碁盤、そして皆塵堂から持ってきた懸硯である。

「簞笥の横に出るということは、やはりそれを気にしているということでしょうか。宇野屋さん、簞笥の引き出しを開けても構いませんか」

「ええ、もちろんです。どれも空ですから。娘が使おうとしたのですが、幽霊が出るのでやめたのです」

お縫が簞笥に近寄り、引き出しを一つ一つ開けていった。嘉右衛門の言う通り、中には何も入っていなかった。

「あら？」

下の段から順番に開けていったお縫の手が、一番上の段の引き出しの所で止まった。

「宇野屋さん、この引き出しだけ開きませんが」

「ああ、鍵が掛かっているんですよ。前板に錠前が仕込まれていますでしょう」

「その鍵はどちらにあるのでしょうか」

「いや、それが見当たらないのですよ。特に困っていないので、探してもいません。そのうちどこかから出てくるだろう、くらいに構えているのです」

「気になりますね……兄さん、ちょっと箪笥の裏を覗《のぞ》いてくれないかしら」

「ええ……」

峰吉がものすごく嫌そうな顔をした。しかしそこは鰻のもたらす力なのか、渋々ではあるが箪笥の裏を覗き始めた。

「何も落ちてないぞ」

「さすがにそう楽には見つからないわね。この部屋にあるとも限らないし。でも、もしこの部屋のどこかに鍵を隠すのだとしたら……」

お縫は部屋の中を見回し始めた。

しばらくすると、その目が碁盤の所で止まった。

「宇野屋さん……あの碁盤は、最近だといつ頃お使いになりましたか。随分と埃が積もっているように見えますが」

「あ、いえ……六兵衛さんとの思い出の品なので売らずに残してありますが、ここを買い取ってから、まったく使っていないのです。打つ相手もおりませんので……」

「調べさせていただきますね」

お縫は碁盤へと近づいた。そして上に載っている碁笥を手に取り蓋《ふた》を外すと、勢いよく中の碁石を床へとぶちまけた。豪快な調べ方である。

「ああ、ありました」

涼しい声でお縫は言うと、碁石に交ざって落ちていた鍵を拾い上げた。

「兄さん、片付けといてね」

「お前、人使いが荒いな」

また峰吉は嫌そうな顔をしたが、それでも素直に床の碁石を集め始めた。鰻の力である。

お縫はそんな峰吉を尻目に再び箪笥へ近づくと、引き出しの前板にある鍵穴に、見つけた鍵を挿《さ》し込もうとした。

「……合わないみたいですね。違う鍵のようだわ。でも箪笥の横に出るのだから、幽霊はやはりこの引き出しの中身を気にしているのだと思います。宇野屋さん、他の部屋も捜してみたいのですが、構いませんか」

「え、ええ」

「兄さん、この鍵はもういいから、碁笥の中に戻しといて」

お縫は峰吉に鍵を渡すと、あっという間に部屋を出ていった。

すぐにお志乃もお縫を追いかけて部屋を出た。嘉右衛門も、先ほどのお縫の豪快な調べ方で心配になったのか、慌《あわ》てて二人を追いかけていった。

「……お前はお縫姐さんを手伝いに行かなくていいのかい」

太一郎は茂蔵に訊ねた。碁石を片付けている峰吉はともかくとして、この男もまだ部屋に残っている。

「いえね、本当に引き出しを開けちまっていいものか分からないものですから」

「どういうことだい」

「六兵衛さんとかいう人の幽霊は、簞笥の横から嘉右衛門さんの娘……もしかしたらお妾さんかもしれませんが、とにかく女の人を睨んでいたわけです。あっしはね、六兵衛さんはその鍵の掛かった引き出しの中身を見られたくないのだろうと思うんですよ。きっと大事な物なのでしょう」

「ほう」

茂蔵のくせに鋭い。

「で、その六兵衛さんが嘉右衛門さんのようにお妾さんを囲うような方ならいいんですが、もしそうではなく、本当に一人でこの家に籠もっていることが多い人だったとしたら……引き出しに隠されている物は一つしか思い浮かばない」

「おいおい」

太一郎は驚き、そして焦った。六兵衛の幽霊が教えてくれようとしないので、太一郎にはまだ引き出しの中身が分かっていないのだ。まさか茂蔵に先を越されるとは思わなかった。

「それで……お前は引き出しの中身は何だと考えているんだい」

「決まっているでしょう。男がこっそり隠し持っている物といえば、枕絵しかありません」

「はあ?」

枕絵といえば、男と女が半裸で絡み合っているような絵のことだ。春画ともいう。

死神に取り憑《つ》かれたせいで死を望むようになった、とある商家の若旦那《わかだんな》に会ったことがあるが、そいつを励ますために茂蔵が大量の枕絵を持ってきたことを太一郎は思い出した。

「茂蔵、お前……枕絵、好きだなあ」

「そりゃ男なら当たり前です。太一郎さんだって好きでしょう」

「いや、俺は別に……」

「それです。あっしのような者とは違い、物が物だけに持っていることを隠そうとする人もいるでしょう。ましてや相手が女の人だと……」

「な、なるほど」

茂蔵の言っていることが正しいように思えてきた。

太一郎は碁盤のそばに立っている六兵衛の幽霊の顔を見た。しかし、特に表情に動きはなく、やはりただ成り行きを見守っているだけだった。

「太一郎さん、ちょっと手伝ってください」

茂蔵が箪笥へと歩み寄った。正面ではなく横側に立つ。

「そっちを持ってください。二人で少し揺らしてみましょう。引き出しの中が空っぽかどうかくらいは分かるはずです」

枕絵に関わることだからか、茂蔵が生き生きとしている。

「あ、ああ」

太一郎は言われるままに茂蔵とは反対側の箪笥の横に立った。二人で揺らしてみる。他の引き出しがすべて空なので、案外と軽く、箪笥は大きく揺れた。

「ほら、やっぱり紙が入っているでしょう」

「う、うむ」

確かに茂蔵の言う通り、ガサゴソと引き出しの中で紙のような物が動く音がした。それも一枚や二枚ではない。結構な数がありそうだ。

「だからあっしは、鍵を捜しに行くべきか迷ったんですよ。男だけならまだしも、お縫姐さんとお志乃さんがいる前で開けちまっていいものなんですかねえ」

「そ、それはまずいよな」

太一郎はまた六兵衛の幽霊へ目を向けた。すると今度は先ほどまでと様子が違った。

六兵衛は太一郎の方を向いて深々と頭を下げてから、すうっと消えたのである。

「うっ」

明らかに六兵衛は、引き出しの中身を若い娘たちに見られることを嫌がっている。

そして、太一郎がうまく対処してくれると信じてもいるようだ。

「……茂蔵、すまないがお縫ちゃんとお志乃さんがいる所へ行って、しばらく二人がこの部屋に戻ってこないよう、うまく引き留めておいてくれないか。それから、嘉右衛門さんにここへ来るように伝えてほしい」

「何か考えがあるんですね。いいでしょう、任せてくだせえ。あっしはこれでも、若い娘の扱いには慣れているんです。かつて遊び人と呼ばれていた男の本気の力をお見せしますよ」

茂蔵は肩で風を切るように歩きながら部屋を出ていった。

――さて、と。

太一郎はすぐに動き始めた。今日の茂蔵はなかなか冴《さ》えているが、これまでのことを思うと、どこまで信用していいか分からないからだ。急いだ方がいい。

「峰吉、さっきお縫ちゃんから渡された鍵を貸してくれないか」

「いいけど、これでどうするのさ。あの箪笥の引き出しのとは違うのに」

「それは多分、こっちの鍵だ」

太一郎は峰吉から鍵を受け取ると、床に置いてあった風呂敷包みに近づいた。中にあるのはもちろん、皆塵堂の蔵にあった懸硯である。

「なあ、峰吉。お前は一度見た客の顔は忘れない小僧だよな。この懸硯を売りにきた人のことは覚えてないか」

太一郎は風呂敷を解《ほど》きながら訊ねた。

「最近はおいらも外に古道具の買い付けに行くことがあるからね。それは帰ってきたら店にあったやつだ」

「なるほど。伊平次さんが買い取ったのか。まあ、間違いなく売りに来たのは嘉右衛門さんか、宇野屋の奉公人だよ。これは、元々は亡くなった六兵衛さんの持ち物だったんだ。懸硯は船乗りたちが使っている船簞笥のうちの一つだけど、新川の酒問屋ならそういう人たちも出入りしているだろうからね。酒問屋の隠居の六兵衛さんが持っていても不思議はない」

太一郎は峰吉から受け取った鍵を、開かなかった懸硯の引き出しの鍵穴に挿し込んだ。

「うん、やはりここの鍵だ」

引き出しを開く。中身は初めから分かっている。

「多分、こっちのが簞笥の方の鍵だ。六兵衛さんは簞笥の鍵を懸硯に、懸硯の鍵を碁笥の中に、と二重の隠し方をしていたんだ」

三重とか四重とかになっていたら困るけど、と呟《つぶや》きながら太一郎は簞笥の前に立った。

その時、この部屋に近づいてくる足音が聞こえてきた。慌てて鍵を隠したが、現れたのは嘉右衛門だった。

「こちらで呼んでいると聞いたので……」

「はい。ちょっとお願いしたいことがございまして」

太一郎は囁《ささや》くような声で言ってから、口の前に人差し指を立てた。

「他の部屋にいる者たちには聞こえないように小さな声で話してください。嘉右衛門さん、箪笥の鍵が見つかりました」

「えっ」

嘉右衛門は驚いて大声を上げたが、すぐに「申しわけない」と謝り、小声で喋り始めた。

「いったいどこにあったのですか」

「皆塵堂にあった懸硯の中です。多分、嘉右衛門さんか宇野屋の奉公人が売りにきたのだと思いますが」

嘉右衛門は床に置かれている懸硯を見た。

「確かにこれは私が売りに行った物です。引き出しの一つが開かなかったので、いらないかな、と思い……ああ、なるほど」

碁笥の中にあったのが懸硯の方の鍵だと嘉右衛門は悟ったようだ。

「……それで、箪笥の引き出しは開けてみたのですか」

「いえ、まだです。その中身について、嘉右衛門さんにお願いがあってお呼びしました。大和屋のお嬢様や女中さんに気づかれないように捨てて……いえ、燃やしてしまいたいと思っているのです。しかし今の持ち主は嘉右衛門さんですから、許しを得なければなりません」

「は、はあ……」

嘉右衛門は首をかしげた。

「まだ引き出しの中はご覧になっていないのでしょう。それなのに燃やしたいとおっしゃるのは、いったい……」

「見ていませんが、分かっているのです」

太一郎は鍵穴に鍵を挿し込んだ。しっかりと入ったので胸を撫で下ろしながら、鍵を回して錠を解いた。

「この中にあるのは、枕絵です」

太一郎は引き出しを勢いよく開けた。思っていた通り、たくさんの紙の束が入っていた。

「ご覧ください。男と女が半裸で絡み合って……いませんね」

「そのようですね。絵には違いありませんが、絡み合ってはいないようです」

太一郎は引き出しの中にある紙を一枚一枚手に取り、そこに描かれている絵を見た。梅や牡丹、菊、竹や紅葉など木や花が描かれた物、あるいは鳥や蝶、猫などの生き物、さらには山や川、海、田畑といった景色の絵がたくさんあったが、その中に半裸で絡み合っている者たちはいなかった。

「ああ、思い出しました。前に一度、こちらで碁を打っていた時に、六兵衛さんがぼそりと『若い頃、絵師になりたかったんだ』とおっしゃったことがありました。結局は代々やっている酒問屋を継いだわけですが、隠居してからまた描き始めたみたいですね」

「なるほど」

太一郎は改めて六兵衛の描いた絵を、書画も扱っている道具屋の主としての目で眺めた。

「……やはりこれは燃やした方がいいと思います」

お世辞にも上手いとは言えなかった。いや、はっきり言って下手だった。これを誰かに見られたくなくて、成仏せずに化けて出るという気持ちも分からなくない。絵師を目指していたとなると、きっと矜持《きょうじ》のようなものがあると思うので、なおさらだろう。

「はあ……そうですね。燃やしましょう」

横から覗き込んで一緒に絵を眺めていた嘉右衛門がため息交じりにそう言った。絵の巧拙《こうせつ》については太一郎と同じ感想を持ったようだが、六兵衛と知り合いなだけに、心苦しさを感じているようだ。

嘉右衛門の同意が得られたので、太一郎は絵を畳んで懸硯の中に収めた。皆塵堂に持ち帰り、お縫たちがいなくなった後で燃やすことにしたのだ。

「嘉右衛門さん、もう一つお願いがあります。腰に提げている印籠《いんろう》を……いや、それだと見られているかもしれない。何か懐《ふところ》に入れている物……紙入れか財布があったら貸してくれませんか。中身は抜き出してくださっていいので」

「構いませんが、何に使うのでしょう」

「箪笥の引き出しに入れて、お嬢様に見つけてもらうのですよ。六兵衛さんの幽霊はそれを気にして出てきたんだ、と思わせるのです。そうするのはこちらの都合なのですが、六兵衛さんの絵のことを知られないようにするためだと思って、どうか手を貸してくださいませんか。鍵は……箪笥の裏側ではなくて下に挟まっていた、とでも言って渡せばいいでしょう」

太一郎は嘉右衛門から紙入れを受け取った。それを空になった引き出しに入れ、再び鍵を掛けた。

「それでは嘉右衛門さん、お嬢様に渡してきてください。よろしくお願いします」

嘉右衛門は太一郎から鍵を受け取ると、すぐに部屋を出ていった。向かった先の方から、茂蔵が一生懸命に何かを喋っている声が聞こえてくる。

――枕絵ではなかったが……。

人に見せたくない絵が入っている、というのは当たっていた。それに、お縫たちに見つからずに済んだのは間違いなくあの男が引き留めてくれたおかげだ。他にも、枕屏風に憑いている男の子の幽霊を見たり、峰吉の代わりに古道具を引き取る仕事をしたり、と今回は本当によくやっている。

太一郎は、ほんの少しだけ茂蔵を見直した。

三

嘉右衛門に別れを告げて宇野屋の寮を離れた太一郎たちは、竪川に沿った道を西へ進んだ。

そろそろ昼飯時なので、この後は太一郎のみが皆塵堂に戻り、他の者たちは鰻屋へ行くことになる。そのため太一郎が懸硯を背負っているのだが、これが思ったよりも重かった。ここでもまた太一郎は、茂蔵のことを少し見直した。

ほどなくして、竪川と横川が交わっている場所に着いた。まっすぐ行けば横川に架かる北辻橋《きたつじばし》、左に曲がれば竪川に架かる新辻橋《しんつじばし》である。

「ええと、俺はここから左に行くけど、みんなはまっすぐなのかな」

どこかで鳴海屋の清左衛門と待ち合わせているはずだが、太一郎はその場所を知らない。

「まっすぐですけど、太一さんにはもう少し私どもにお付き合いいただきたいのです」

お縫がそう言いながら太一郎に軽く頭を下げた。

「どういうことかな」

「鳴海屋のご隠居様と待ち合わせているのは、昨日お伺いした森島屋さんなのです」

「ああ、あそこなんだ」

庭に老婆の幽霊が立つ太物屋《ふとものや》だ。ただそこにいるだけの幽霊で、太一郎にもどうしようもないという代物だった。

その森島屋があるのは本所花町。北辻橋を渡ってすぐの町である。

「それなら、鳴海屋のご隠居様にちょっと挨拶をしておこうかな」

どうせ昼飯の後は、清左衛門も含めて、また皆塵堂で落ち合うことになっているのだが、さすがにこんな近くまで来ていながら、まったく顔を合わせずに行ってしまうというのは決まりが悪い。

「はい、ぜひいらっしゃってください。せっかく作った目隠しを太一さんにもご覧いただきたいので」

「うん？」

老婆の幽霊はただいるだけなので放っておいていいが、それでも見える者にしてみれば嫌だろうから、何か目隠しのような物を作ろう、ということになった。それで、お縫が清左衛門に頼みに行ったのを覚えている。しかし……。

「まさか、もう出来上がっちゃったのかい」

「私も見に行ってみないと分からないのですが、昨日、ご隠居様にお願いした時は、『それなら明日の昼までにやってしまおう』とのお返事をいただきました」

「ううむ……」

確かに清左衛門なら金も人脈もあるので、板塀《いたべい》くらいなら一日で作らせることも余裕だろう。

「そういうことなら、なおさらお伺いしないとな」

太一郎は他の者と一緒に森島屋に行くことに決めた。

北辻橋を渡り、本所花町に入る。すぐに森島屋に着いた。

声をかけると昨日と同じ番頭が出てきて、太一郎たちを中へと導いた。やはり昨日のように清左衛門は森島屋の店主とお茶を飲みながら喋っているらしかった。

太一郎たちは、先に庭を見せてもらうことにした。

「もう出来上がっております」

森島屋の番頭は、庭に面した縁側に出る前に、お縫にそう声をかけた。

「私や女中の一人のように見えてしまう者はもちろん、幽霊など見えないという他の店の者たちも喜んでおります。やはり彩りがあった方がいいということで」

「そう言っていただけると、私も嬉しく思います」

お縫が笑みを浮かべている。

――うん？

太一郎は首をかしげた。彩りとは何だ？

漆《うるし》塗《ぬ》りの上に螺鈿《らでん》の細工を施した、豪華《ごうか》絢爛《けんらん》な板塀でも作ったのだろうか。いや、昨日の今日でそんな物ができるわけがない。しかし、あのご隠居様なら……。

考えながら歩いているうちに、縁側に出た。

太一郎は恐る恐る老婆の幽霊が立っていた辺りへ目を向けた。そして、番頭の言葉に納得した。元々ここは鰻屋で、客から見えるように庭に小さな池や築山が作られていたが、幽霊が出る辺りには何もなくてぽっかり空いているように見えた。それが今は、確かに彩りのある場所に変わっていた。

「……お縫ちゃん、これは？」

「昨日、『花の祠《ほこら》』に行った時に、ご隠居様が新しく椿《つばき》を植えるつもりだ、という話をしていましたでしょう。それを思い出して、この庭にも植えてほしいとお願いしてみたのです。そうしたら、向こうに植えるはずだった椿を、こちらに持ってきてくださって……」

「なるほど……」

老婆の幽霊がいる辺りに椿の木が数本、植えられている。今は椿の花が咲く時期ではないが、代わりに旬の草花も持ってきて周りに植えてあるので、見違えるほど色鮮やかになっていた。

――自分は幽霊の周りを板塀で囲めばいいと思っていたけど……。

間違いなくこの方がいい。特に幽霊が見えない者たちにとってはそうであろう。庭に意味のない板塀があるよりも、緑鮮やかな木が植わっていた方がいいに決まっている。

その椿のうちの一本は、老婆の幽霊が立っている、まさにその場所に植えられていた。これは幽霊の姿が見えてしまう太一郎にはちょっとできない芸当である。見えないようにするためなのだからそれでいいのかもしれないが、さすがにためらってしまう。

——しかし、豪快だな。

少し惜しいのは、まだ椿がさほど大きくないので、葉の隙間《すきま》から老婆が見え隠れしていることだ。これについては一日でも早く枝が伸びて、葉が生い茂ってくれるのを祈るだけである。

「私がお願いしたのは椿だけなのですけど、弥惣次《やそうじ》さんが他の花も持ってきてくださったのです。おかげで、こんなに綺麗な庭に……」

「うん、お縫ちゃん、ちょっとごめん、何となく分かるけどさ、念のために訊いておくよ。弥惣次さんって、誰？」

「あら嫌だ。伊平次さんの弟さんに決まっているじゃないですか」

「ああ、やっぱり」

植木屋をやっている弟がいることはもちろん知っているが、その名を聞いたのは初めてだ。

裏の長屋の飯炊き婆さんといい、向かいの店の水撒《ま》き小僧といい、どうしてお縫はこうも皆塵堂の周辺の人物に詳しいのだろうか。清左衛門や峰吉からいろいろな話を聞いているから、というだけでは説明できない。不思議である。

「……そうなんだ、弥惣次さんって言うんだ。その人も最後に『次』が付くんだね」

「伊平次さんにはまだその下にもう一人、弟さんがいらっしゃるらしいのですが、その方は与三次《よさんじ》さんって言うそうです。それから……」

「ごめん、もういいや」

うんざり、とまではいかないが、何となく「呆《あき》れた」というのに近い気分になった。太一郎は小さくため息をつくと、再び庭へと目をやった。

爽やかな風が吹いてきて、椿の木を揺らした。さきほどより老婆の顔がはっきりと見えるようになる。相変わらず何の表情も浮かべず、ただ前の方をぼんやりと見ているだけだった。

今の自分の顔も似たような感じなのかな、と思いながら、太一郎はその老婆を眺めた。

四

裏の長屋の飯炊き婆さんが作った握り飯を食べ終えた後で一休みしていると、巳之助が皆塵堂に姿を現した。棒手振《ぼてふ》りの仕事を終えた後で、急いでやってきたようだ。

「おお、太一郎。どうだった、枕屏風の件は。茂蔵の野郎はちゃんと働いたか」

「うむ。お前の思惑通りになったよ」

「そうか、そいつはよかった」

巳之助は店土間を通り抜け、ずかずかと作業場に上がり込んできた。そのまま隣の部屋を通り抜け、太一郎のいる座敷へと入ってくる。

「伊平次さん、どうも」

同じ座敷にいる店主にも軽く挨拶したが、巳之助の歩みはまだ止まらない。太一郎の前を通りながら、どこからともなく紐《ひも》を出す。それを手に一番奥の床の間の手前まで行ったところで、ようやく立ち止まった。

「ほら、鮪助。紐だぞ」

床の間に寝そべっていた猫の顔の前で、垂らした紐を揺らし始めた。

「おい、巳之助。さっきまで鮪助は俺の頭に乗って遊んでいたんだよ。ようやく飽きて、床の間に行ってくれたところなんだ。また元気になったらどうするんだ」

「喜ばしいことじゃねえか」

巳之助はそう言うと、今度は紐をぐるぐると回し始めた。

鮪助は太一郎以外にじゃれつくことはあまりない。ガサガサと音を立てる紙などに興味を示すこともないし、他の猫と比べると箱などに入るのも少ない気がする。

紐も同様で、ただ床に落ちているだけなら、何食わぬ顔で通り過ぎるだけだ。しかしそんな鮪助でもさすがに顔の近くで動かされると猫の血が騒ぐのか、徐々に目で追い始めている。

「本当にやめてくれよ。そもそもさ、お前、その紐、どこから出したんだよ。いつも持っているのか」

「当然だろう。猫好きのたしなみだ。こう見えても俺は、江戸で一番の猫好き男だからよ」

「一晩で開き直りやがったな」

お志乃のことは諦《あきら》めたということだろうか。まあ、その方がいい。巳之助に似合う女はきっとどこかにいる。

「今はまだ日本一を名乗る気はないが、いずれその日が来たら鳴海屋のご隠居に幟《のぼり》を作ってもらうつもりだ。それを持ち、太一郎と峰吉、茂蔵をお供に連れて、猫をいじめる野郎を退治する諸国漫遊の旅に出ようと思う」

「顔からすると、退治される役目はお前の方じゃないのかな」

「なんだと、こら」

巳之助が紐を太一郎の方へ向けるように振った。

同時に、鮪助が跳び上がった。当然、紐を目がけてのことだ。しかし巳之助が手首を返したために、紐はくるっと別の方へ行った。

だが、跳んでいる鮪助はさすがに途中で方向を変えられない。そのまままっすぐ太一郎の方に向かってきて、べたっと顔に張り付いた。

その勢いで太一郎は後ろ向きに倒れ込み、頭を床に打ち付けた。

「ああ、巳之助さん、来てるんだ」

店先の方で峰吉の声がした。鰻屋から帰ってきたらしい。だが太一郎は頭が痛いのと、再び鮪助が体の上で遊び始めたせいで動けなかった。

「ただいま戻りましたぜ。ああ、巳之助さん、いらっしゃってたんですね」

続けて茂蔵の声も聞こえてきた。

「なんだ茂蔵、お前、大黒屋にまだ戻らないのか」

巳之助が不思議そうな声を出した。

「え、ええ。みなさんで鰻屋に行くっていうものだから、あっしも御相伴《おしょうばん》に与からせていただきました」

「なにい。茂蔵のくせに鰻を食うなんて、百年早い」

「いや、いくらなんでも百年は長すぎです。もうちょっと負かりませんか」

「じゃあ三日」

「今度は短すぎて嫌なんですけど」

鮪助が体の上からどいて、再び床の間へと行ってくれたので太一郎は動けるようになった。頭をさすりながら体を起こし、店土間の方へ目をやる。

峰吉はもう作業場に上がっていて、古道具の修繕《しゅうぜん》に使う道具が入っている箱を覗き込んでいた。帰ってきて早々に仕事を始めるらしい。

茂蔵はまだ店土間に突っ立っている。その後ろには、誰もいない。

「鳴海屋のご隠居様とか、お縫ちゃんたちはどうしたんだい」

「隣の米屋に行ってるよ」

峰吉が作業場に腰を下ろしながら答えた。

「お縫たち、今日はこれで帰るんだってさ」

「え、そうなのか。まだこの後もあちこち連れ回されると思っていたんだが」

「もう終わりみたいだよ。鰻屋さんにお志乃さんは来なくて、途中で別れたんだよね。どうしたんだろうと思っていたら、食べている途中に大和屋の久作さんを連れて戻ってきたんだ。今は米屋さんで荷物をまとめてる」

「そうか……」

太一郎はぼんやりと天井へと目を向けた。

今回の役割は、お縫が幽霊への対処の仕方を学ぶための、いわば「指南役」だった。しかも、もしお縫が誤った見立てをした時には、気持ちよく屋敷奉公へ行かせるために太一郎が裏でこっそり対処をするという、難しい役目も担っていた。

しかし、正直に言ってあまり役には立たなかった。お縫の対処の仕方はほとんど合っていたのだ。それどころか、たいていの場合はお縫のやり方が太一郎の上を行っていた。

下駄屋《げたや》に出た桶《おけ》のお化けの件はお縫は誤った考え方をしたが、太一郎も何かができたわけではなかった。天城屋に出た煙草《たばこ》好きの幽霊の時に至っては、お縫とともに同じ間違いをしてしまい、伊平次に助けられた。

役目をうまく果たせたかな、と思えるのは、最後に行った箪笥と懸硯の鍵の件くらいのものだ。

——お縫ちゃんなら、幽霊が出るという旗本屋敷に奉公に行っても平気だな。

太一郎は心からそう思った。もっとも、その屋敷にはもう何も出ないのだが。

「ああ、太一郎はいるね。それから巳之助も来ているのか」

店先に清左衛門が現れた。

「お縫ちゃんたちが帰るから表に出てきなさい。もちろん伊平次もね」

いよいよお別れの時が来たようだ。やけに忙しい二日間だったが、これで終わりだと思うと寂しい気もする。

太一郎はしんみりとした気持ちになりながら立ち上がった。

作業場まで行くと、まだ峰吉はそこにいて、古道具の修繕を始めていた。

「おい、峰吉。お縫ちゃんが帰るって聞いただろ。見送りに出ないと」

「いや、おいらはいいから」

「そんなわけにはいかないだろう。しばらく会えなくなるんだぞ。お前が出ていかないでどうする」

「本当にいいから」

峰吉は太一郎に向かって手の甲を見せ、シッシッ、という風に振った。

――ううむ。

太一郎は少しむっとしたが、仕方がないのかもしれないとすぐに思い返した。峰吉くらいの年頃だと、妹との別れの場面を周りに見られるのは恥ずかしいだろう。いよいよという時になったら巳之助に頼んで無理やり引っ張り出してもらおう。そう考えて、峰吉をそこに残したままで店土間に下りた。

表に出ると、峰吉以外のみんながもうそろっていた。米屋の側にお縫とお志乃、久作が立っている。辰五郎とおかみさんの姿も米屋の戸口の所にあった。

皆塵堂の前には清左衛門と伊平次、巳之助だ。茂蔵もいるが、遠慮しているのか、三人より少し離れた後ろの方に立っている。

「ああ、太一さん。この度は本当にお世話になりました」

太一郎の姿を見ると、お縫がそう言って深々と頭を下げた。横にいるお志乃と久作も同時に深く腰を折る。

「ああ、いや。俺はほとんど役に立たなかったから……」

「いえ、そんなことはありません。太一さんがいてくれたから私も安心して、思い切った手を使えたのです。ありがとうございました」

お縫はまた頭を下げた。

「いや、本当に俺は……」

ううむ、峰吉ではなくとも十分に気恥ずかしい。これは早々に峰吉を引っ張り出した方がよさそうだ。

「俺のことはいいから、お縫ちゃんは峰吉と挨拶しなくちゃ。今、連れてくるから」

「いえ、結構でございます。兄とはさっき話しましたので」

「いや、駄目だろう。こういうのはきちっとしなきゃ」

「本当に結構ですから。こちらへは近いうちにまたお伺いするつもりですので」

「すでに離れて暮らしているとはいえ、兄妹《きようだい》なんだ。しばらく会えなくなるんだから、別れの挨拶はきちんと……うん？」

太一郎は言葉を止め、お縫の顔をまじまじと見た。

「……ええと、念のために確かめるけどさ。お縫ちゃんが近いうちに伺うのは、皆塵堂ではなくて旗本屋敷だよね。屋敷奉公に出るんだよね」

「いえ、それはお断りすることに決めました」

「はあ？」

太一郎は素《す》っ頓狂《とんきよう》な声を上げてから、事情を知っているであろう清左衛門の顔を見た。

目が合うと、老人は渋い顔で小さく頷いた。どうやら本当のことらしい。

太一郎はお縫へと目を戻した。相変わらず愛嬌《あいきょう》の溢《あふ》れた可愛らしい笑みを満面にたたえている。

「お縫ちゃん……どうして？」

「その旗本屋敷にはもう幽霊が出ないそうですから。太一さんもご存じでしょう」

「う、うむ。だけど……」

どうしてそれをお縫が知っているのだ？

今、お縫は「出ないそうですから」という言い方をした。つまり誰かから聞いたということだ。

清左衛門ではないだろう。大和屋の主とともに、お縫が屋敷奉公に出るように初めから動いていた人間だからだ。

峰吉も違う。何だかんだ言っても、お縫のためになることを第一に考えるはずだ。あいつはそういう小僧である。

伊平次は珍しく今回は店番をやっていて、あまりお縫と関わっていない。

巳之助も同様に、お縫とはあまり喋っていない。それにこの二人が顔を合わせている時は自分も常に一緒にいた。

旗本屋敷の件を知っている人間で、あと残っているのは……。

太一郎はゆっくりと後ろを振り返った。

「茂蔵、まさかお前が……」

「い、いえ、違うんです。あれは、仕方のないことなんです」

茂蔵は太一郎を押しとどめるように手のひらを前に出し、その姿勢のまま後ずさりした。

「ほら、宇野屋さんの寮で、太一郎さんが箪笥の引き出しを開けている間、お縫姐さんたちを引き留めておくように頼まれましたでしょう。どうしようかといろいろ考えたんですよ。で、姐さんは幽霊の話が好きみたいだから、それで引き留めようと思いついたんです。ところが観音像に助けられた話とか、祠を開けたら髪の毛に襲われた話とか、あっしが喋ろうとしたことはすでに姐さんは知っていたんです。それで、旗本屋敷の話はどうだって訊いたら、それは知らないって言うんで……」

なるほど。宇野屋の寮で茂蔵が一生懸命に何かを喋っている声が聞こえてきたが、あれはこのことを話していたのか。

太一郎は茂蔵から目を離した。

自分の横で、腕組みをして茂蔵を睨みつけている巳之助に声を掛ける。

「大黒屋に枕屏風《まくらびょうぶ》と鏡台を持っていった時に、茂蔵に事情を話さなかったのかい」

「いや、話したぜ。ちゃんと口止めもしておいた」

「ふうん」

茂蔵へと目を戻す。わずかな間に、二、三間くらい後ろに下がっていた。

「いや、あっしも途中で思い出して、話をやめようとしたんですよ。だけど、その時にはもう、姐さんは自分が行こうとしている旗本屋敷の話だと気づいてしまったようで……」

「はい。かなり初めの方で気づきました」

お縫がそう言って笑った。

「いつも『困った、困った』とおっしゃっているお侍様には、私もお会いしたことがあるのです。札差《ふださし》であるうちの店に、たまにいらっしゃいます。そんな方は滅多にいないので、お話を聞いて、すぐにあの人だと思いました」

「……とにかく、あっしはお縫姐さんを引き留めるのに一生懸命だったんです。そうするように頼んできたのは太一郎さんだ。だから、悪いのはあっしじゃなくて……」

「いいや、お前が悪い」

巳之助が拳《こぶし》を握りしめて茂蔵へと向かっていった。

当然、茂蔵は逃げた。しかし巳之助は足が速い。すぐにその背後に追いついた。

巳之助が拳を振り下ろす。しかし茂蔵も逃げることにかけては天下一品だ。すんでのところでかわし、くるりと向きを変えて、今度は太一郎たちがいる方へ逃げてきた。

――なかなかやるな。

自分たちの横を風のように通り過ぎていった茂蔵に、太一郎は感心した。

だが、残念ながら相手は「飛脚殺し」だ。そう長くは逃げられまい。続いて横を通り過ぎた巳之助を見送りながら、太一郎はそう思った。とにかく勢いが違う。茂蔵が風なら巳之助は嵐だった。

「伊平次さんにも、大変お世話になりました」

追いかけっこをする二人のことなどまったく目に入らない様子で、お縫が挨拶の続きを始めている。こういうところは、さすが峰吉の妹だと思ってしまう。

「いや、俺はまったく何もしなかったけどな」

「そんなことはありません。伊平次さんが店番をしてくださったおかげで、私は兄と長く一緒にいられたのです」

「店番、言うほどしてないよ。太一郎が戻ってくる昼時にはいたけど、その他は店をほっぽらかして釣りに行ってた」

困った店主だ。太一郎は今さらながら伊平次に呆れた。

しかしその伊平次の物言いがお志乃には面白かったらしい。口に手を当てて笑っている。

太一郎は、並んで立っているお縫とお志乃を改めて眺めてみた。初めから分かっていたが、お志乃はかなりの美人である。そしてお縫も、今は可愛らしさの方が勝っているが、あと四、五年もすると、美人とか別嬪《べっぴん》と言われるような娘になりそうに感じた。

――今回は疲れただけであまり役に立てなかったが……。

お縫やお志乃と会えただけでもよしとしよう。立っているだけで絵になるような娘が二人で並んでいるところを見ることなどあまりない。

――しかし、あれは残念だな。

せっかくの眺めだというのに、その後ろの方で、とうとう巳之助に捕まった茂蔵がしたたかに殴られている姿がものすごく目障りだった。

主な参考文献

『江戸川柳で読み解くたばこ』　清博美・谷田有史著／山愛書院
『NHK美の壺　和箪笥』　NHK「美の壺」制作班編／NHK出版
『江戸の植物図譜～花から知る江戸時代人の四季～』　細川博昭著／秀和システム
『食べられる草ハンドブック』　森昭彦著／自由国民社
『【原色】木材加工面がわかる樹種事典』　河村寿昌・西川栄明著／小泉章夫監修／誠文堂新光社
『増補改訂　原色　木材大事典185種』　村山忠親著／村山元春監修／誠文堂新光社
『嘉永・慶応　江戸切絵図』　人文社

あとがき

深川《ふかがわ》は亀久橋《かめひさばし》の近くにひっそりと佇《たたず》む皆塵堂《かいじんどう》という古道具屋を舞台に、曰《いわ》くのある品物を巡って騒動が巻き起こる「古道具屋　皆塵堂」シリーズの第十一作であります。

幽霊が出てくる話でございますので、その手のものが苦手だという方は念のためご注意くださいますようお願いいたします。

こういう話を書いていると「寄ってくる」みたいなことを耳にすることがございますが、なんとですね、この『闇試《やみだめ》し』の執筆中に出たのです。

忘れもしません。それは真夜中のことでございました。締切を翌日に控え、泣きそうになりながら輪渡《わたり》が必死にキーボードを叩《たた》いていると、部屋の中で妙な気配がしました。

まさか……と恐れおののきながら輪渡がゆっくりと振り返ると、部屋の隅に青白い顔をした髪の長い女性が立っていた……のであったらまだ良かったんですけどね。それならそれでネタになりますから。

残念ながらそのようなモノの姿はなく、代わりにいたのがゴキ……失礼、Gを頭文字に持つあの虫でございました。あの野郎がカサカサと音を立てながら歩いていやがったのです。

私、輪渡颯介《そうすけ》はいい年をしたおっさんですが、虫が苦手です。若い女性読者様（そのような方がいらっしゃるのか甚《はなは》だ疑問ですが）は「虫が苦手って、何のためにおっさんやってるのよ」と思われるかもしれませんが、駄目なものは駄目なのだから仕方ありません。輪渡はすべての機能が一時停止し、Gのいる壁を睨《にら》みながらしばらくフリーズいたしました。

数秒後に無事再起動はいたしましたが、その間にGは物陰に隠れました。さあそうなると、今度は「これからどうすべきか」が問題になってきます。やつと戦うべきか、それとも何も見なかったことにして執筆を進めるべきか。

虫が苦手な輪渡のことですから、戦うとなると長期戦になるのは必至です。しかし締切は翌日。余裕はありません。ここで戦いの道を選ぶと、ほぼ確実に締切には間に合わないことになります。

雑誌や新聞などに連載しているわけではなく、本書は文庫書下ろしですから、締切にも多少の融通は利きます。それでもお忙しい編集者様の予定に影響してくることでございますから、よほどのことがない限り納期は守らねばなりません。そんな中、はたして「部屋にGが出たので締切を延ばしてください」は通じるのかどうか……。

悩んだ結果、輪渡は無抵抗主義を貫くことに決め、執筆に戻りました。

と、いうことでGとの共存の道を選んだ輪渡が泣きながら書き上げましたのが本書『闇試し』でございます。

シリーズ十一作目の今回は、一作目の主人公だった太一郎《たいちろう》に再び視点人物になってもらいました。これは原点回帰ということもありますが、他にも作者にとっては大きな意味がございます。

これほど長くシリーズが続くと思っていなかった輪渡は、良く言えば「目の前の一作に力を入れる」、悪く言えば「後先考えずに書く」という形で執筆してまいりました。その結果、シリーズが進むにつれて弊害が出てきてしまったのです。色々とあるのですが、特に大きいものが二つございます。

一つは「猫増えすぎ問題」です。これについてはシリーズ九作目『髪追い』のあとがきで「今後は控える」旨《むね》を書き、以降は自重しています。

そしてもう一つは、「太一郎の幽霊に対する能力、強くなりすぎ問題」です。シリーズを進めているうちに、お前はバトル物の少年漫画の主人公か、と言いたくなるくらい能力がインフレいたしました。

　これは初めのうちこそ便利で良かったのですが、次第に使い勝手が悪いものへと変貌を遂《と》げていきました。だって太一郎が出たら話が終わってしまいますから。

　そうなると書くことがなくなって作者が困るわけです。ですからこれまでは猫など太一郎が苦手なものに邪魔をさせることで出番を削ってきました。しかしそのパターンもさすがにもう使えないかな、と。そろそろ新たな手を考えないと駄目かな、と、そんな考えに至ったわけです。

　本書で太一郎に再び視点人物に返り咲いてもらったのはそういう理由があります。能力に少し制限を設けてみました。これで今後は彼の出番が増えればいいのですが。

あ、それと原点回帰の一環で、本書の中で久しぶりに巳之助《みのすけ》が女にフラれていますが、これは別にどうでもいいか……。

　今回のあとがきは以上でございます。シリーズ第十一作『闇試し』、どうか一つ、よろしくお願い申し上げます。

本書は文庫書下ろし作品です。

|著者| 輪渡颯介　1972年、東京都生まれ。明治大学卒業。2008年に『掘割で笑う女 浪人左門あやかし指南』で第38回メフィスト賞を受賞し、デビュー。怪談と絡めた時代ミステリーを独特のユーモアを交えて描く。憑《つ》きものばかり集まる深川の古道具屋を舞台にした「古道具屋 皆塵堂」シリーズが人気に。「溝猫長屋 祠之怪」シリーズ、「怪談飯屋古狸」シリーズのほか、『ばけたま長屋』『悪霊じいちゃん風雲録』などがある。

闇試し《やみだめ》　古道《ふるどう》具《ぐ》屋《や》 皆塵堂《かいじんどう》

輪《わ》渡《たり》颯介《そうすけ》
© Sousuke Watari 2023

2023年12月15日第1刷発行

講談社文庫
定価はカバーに
表示してあります

発行者——髙橋明男
発行所——株式会社　講談社
東京都文京区音羽2-12-21　〒112-8001
電話　出版　(03) 5395-3510
　　　販売　(03) 5395-5817
　　　業務　(03) 5395-3615

KODANSHA

Printed in Japan

デザイン—菊地信義
本文データ制作—講談社デジタル製作
印刷———株式会社KPSプロダクツ
製本———株式会社国宝社

落丁本・乱丁本は購入書店名を明記のうえ、小社業務あてにお送りください。送料は小社負担にてお取替えします。なお、この本の内容についてのお問い合わせは講談社文庫あてにお願いいたします。
本書のコピー、スキャン、デジタル化等の無断複製は著作権法上での例外を除き禁じられています。本書を代行業者等の第三者に依頼してスキャンやデジタル化することはたとえ個人や家庭内の利用でも著作権法違反です。

ISBN978-4-06-534067-7

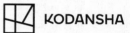

講談社文庫刊行の辞

二十一世紀の到来を目睫に望みながら、われわれはいま、人類史上かつて例を見ない巨大な転換期をむかえようとしている。

世界も、日本も、激動の予兆に対する期待とおののきを内に蔵して、未知の時代に歩み入ろうとしている。このときにあたり、創業の人野間清治の「ナショナル・エデュケイター」への志を現代に甦らせようと意図して、われわれはここに古今の文芸作品はいうまでもなく、ひろく人文・社会・自然の諸科学から東西の名著を網羅する、新しい綜合文庫の発刊を決意した。

激動の転換期はまた断絶の時代である。われわれは戦後二十五年間の出版文化のありかたへの深い反省をこめて、この断絶の時代にあえて人間的な持続を求めようとする。いたずらに浮薄な商業主義のあだ花を追い求めることなく、長期にわたって良書に生命をあたえようとつとめるところにしか、今後の出版文化の真の繁栄はあり得ないと信じるからである。

同時にわれわれはこの綜合文庫の刊行を通じて、人文・社会・自然の諸科学が、結局人間の学にほかならないことを立証しようと願っている。かつて知識とは、「汝自身を知る」ことにつきていた。現代社会の瑣末な情報の氾濫のなかから、力強い知識の源泉を掘り起し、技術文明のただなかに、生きた人間の姿を復活させること。それこそわれわれの切なる希求である。

われわれは権威に盲従せず、俗流に媚びることなく、渾然一体となって日本の「草の根」をかたちづくる若く新しい世代の人々に、心をこめてこの新しい綜合文庫をおくり届けたい。それは知識の泉であるとともに感受性のふるさとであり、もっとも有機的に組織され、社会に開かれた万人のための大学をめざしている。大方の支援と協力を衷心より切望してやまない。

一九七一年七月

野間省一

講談社文庫 最新刊

柿原朋哉 **匿《とく》名《めい》**
超人気YouTuber・ぶんけいの小説家デビュー作！「匿名」で新しく生まれ変わる2人の物語。

いしいしんじ **げんじものがたり**
いまの「京ことば」で読むと、源氏物語はこんなに面白い！ 冒頭の9帖を楽しく読む。

佐々木裕一 **将軍の首**
〈公家武者信平《のぶひら》ことはじめ㈣〉
腰に金瓢箪《きんぴょうたん》を下げた刺客が江戸城本丸まで迫りくる！ 公家にして侍、大人気時代小説最新刊！

輪渡颯介 **闇試し**
〈古道具屋　皆塵堂〉
幽霊が見たい大店のお嬢様登場！ 幽霊が見える太一郎を振りまわす。〈文庫書下ろし〉

瀬那和章 **パンダより恋が苦手な私たち2**
編集者・一葉《いちは》は、片想い中の椎堂《しどう》と初デート。告白のチャンスを迎え――。〈文庫書下ろし〉

朝倉宏景 **風が吹いたり、花が散ったり**
『あめつちのうた』の著者によるブラインドマラソン小説！〈第24回島清恋愛文学賞受賞作〉

深水黎一郎 **マルチエンディング・ミステリー**
密室殺人事件の犯人を7種から読者が選ぶ！ 読み応え充分、前代未聞の進化系推理小説。

講談社文庫 最新刊

パトリシア・コーンウェル
池田真紀子 訳
禍根（上）（下）
ケイ・スカーペッタが帰ってきた。大ベストセラー「検屍官」シリーズ5年ぶり最新邦訳。

桃戸ハル 編・著
5分後に意外な結末
〈ベスト・セレクション 銀の巻〉
たった5分で楽しめる20話に加えて、たった5秒の「5秒後に意外な結末」も収録！

砂原浩太朗
黛家の兄弟
政争の中、三兄弟は誇りを守るべく決断する。神山藩シリーズ第二弾。山本周五郎賞受賞作。

田中芳樹
創竜伝 15
〈旅立つ日まで〉
竜堂四兄弟は最終決戦の場所、月の内部へ。大ヒット伝奇アクションシリーズ、堂々完結！

風野真知雄
魔食 味見方同心（一）
〈豪快クジラの活きづくり〉
究極の美味を求める「魔食会」の面々が、事件を引き起こす。待望の新シリーズ、開始！

森 博嗣
妻のオンパレード
〈The cream of the notes 12〉
常に冷静でマイペースなベストセラ作家の100の思考と日常。人気シリーズ第12作。

高橋源一郎

君が代は千代に八千代に

解説＝穂村 弘　年譜＝若杉美智子・編集部

「この日本という国に生きねばならぬすべての人たちについて書くこと」を目指し、ありとあらゆる状況、関係、行動、感情……を描きつくした、渾身の傑作短篇集。

たN5

978-4-06-533910-7

大澤真幸

〈世界史〉の哲学 3 東洋篇

解説＝橋爪大三郎

一二世紀頃、経済・政治・軍事、全てにおいて最も発展した地域だったにもかかわらず、覇権を握ったのは西洋諸国だった。どうしてなのだろうか？ 世界史の謎に迫る。

おZ4

978-4-06-533646-5

講談社文庫　目録

三津田信三　凶鳥《まがとり》の如き忌むもの
三津田信三　首無《くびなし》の如き祟るもの
三津田信三　山魔《やまんま》の如き嗤《わら》うもの
三津田信三　水魑《みづち》の如き沈むもの
三津田信三　密室《ひめむろ》の如き籠《こも》るもの
三津田信三　生霊《いきだま》の如き重《だぶ》るもの
三津田信三　幽女《ゆうじょ》の如き怨むもの
三津田信三　碆霊《はえだま》の如き祀るもの
三津田信三　魔偶《まぐう》の如き齎《もたら》すもの
三津田信三　忌名《いな》の如き贄《にえ》るもの
三津田信三　シェルター 終末の殺人
三津田信三　ついてくるもの
三津田信三　誰かの家
三津田信三　忌《い》物《ぶつ》堂《どう》鬼《き》談《だん》
道尾秀介　カラスの親指〈by rule of CROW's thumb〉
道尾秀介　カエルの小指〈a murder of crows〉
道尾秀介　水の柩
深木《みき》章子《あきこ》　鬼畜の家
湊かなえ　リバース
宮内悠介　彼女がエスパーだったころ
宮内悠介　偶然の聖地
宮乃崎《みやのさき》桜子《さくらこ》　綺羅《きら》の皇女《ひめみこ》(1)
宮乃崎桜子　綺羅の皇女(2)
三國青葉　損料屋見鬼《けんき》控え 1
三國青葉　損料屋見鬼控え 2
三國青葉　損料屋見鬼控え 3
三國青葉　福猫屋〈お佐和のねこだすけ〉
三國青葉　福猫屋〈お佐和のねこかし〉
三國青葉　福猫屋〈お佐和のねこわずらい〉
宮西真冬　誰かが見ている
宮西真冬　首の鎖
宮西真冬　友達未遂
南　杏子　希望のステージ
嶺里俊介　だいたい本当の奇妙な話
嶺里俊介　ちょっと奇妙な怖い話
溝口　敦　喰うか喰われるか〈私の山口組体験〉
村上　龍　愛と幻想のファシズム(上)(下)
村上　龍　村上龍料理小説集
村上　龍　新装版 限りなく透明に近いブルー
村上　龍　新装版 コインロッカー・ベイビーズ
村上　龍　歌うクジラ(上)(下)
向田邦子　新装版 眠る盃
向田邦子　新装版 夜中の薔薇
村上春樹　風の歌を聴け
村上春樹　1973年のピンボール
村上春樹　羊をめぐる冒険(上)(下)
村上春樹　カンガルー日和
村上春樹　回転木馬のデッド・ヒート
村上春樹　ノルウェイの森(上)(下)
村上春樹　ダンス・ダンス・ダンス(上)(下)
村上春樹　遠い太鼓
村上春樹　国境の南、太陽の西
村上春樹　やがて哀しき外国語
村上春樹　アンダーグラウンド
村上春樹　スプートニクの恋人
村上春樹　アフターダーク
村上春樹　佐々木マキ 絵　羊男のクリスマス

村上春樹
佐々木マキ絵　ふしぎな図書館
村上春樹
糸井重里　夢で会いましょう
村上春樹・文
安西水丸・絵　ふわふわ
U・K・ル＝グウィン
村上春樹訳　空飛び猫
U・K・ル＝グウィン
村上春樹訳　帰ってきた空飛び猫
U・K・ル＝グウィン
村上春樹訳　素晴らしいアレキサンダーと、空飛び猫たち
U・K・ル＝グウィン
村上春樹訳　空を駆けるジェーン
T・ファリッシュ著
B・ルート絵
村上春樹訳　ポテト・スープが大好きな猫
村山由佳　天翔る
睦月影郎　密通妻
睦月影郎　快楽アクアリウム
向井万起男　渡る世間は「数字」だらけ
村田沙耶香　授乳
村田沙耶香　マウス
村田沙耶香　星が吸う水
村田沙耶香　殺人出産
村瀬秀信　気がつけばチェーン店ばかりでメシを食べている
村瀬秀信　それでも気がつけばチェーン店ばかりでメシを食べている
村瀬秀信　地方に行っても気がつけばチェーン店ばかりでメシを食べている

虫眼鏡　東海オンエアの動画が6.4倍楽しくなる本〈虫眼鏡の概要欄　クロニクル〉
森村誠一　悪道
森村誠一　悪道　西国謀反
森村誠一　悪道　御三家の刺客
森村誠一　悪道　五右衛門の復讐
森村誠一　悪道　最後の密命
森村誠一　ねこの証明
毛利恒之　月光の夏
森博嗣　すべてがFになる〈THE PERFECT INSIDER〉
森博嗣　冷たい密室と博士たち〈DOCTORS IN ISOLATED ROOM〉
森博嗣　笑わない数学者〈MATHEMATICAL GOODBYE〉
森博嗣　詩的私的ジャック〈JACK THE POETICAL PRIVATE〉
森博嗣　封印再度〈WHO INSIDE〉
森博嗣　幻惑の死と使途〈ILLUSION ACTS LIKE MAGIC〉
森博嗣　夏のレプリカ〈REPLACEABLE SUMMER〉
森博嗣　今はもうない〈SWITCH BACK〉
森博嗣　数奇にして模型〈NUMERICAL MODELS〉
森博嗣　有限と微小のパン〈THE PERFECT OUTSIDER〉
森博嗣　黒猫の三角〈Delta in the Darkness〉

森博嗣　人形式モナリザ〈Shape of Things Human〉
森博嗣　月は幽咽のデバイス〈The Sound Walks When the Moon Talks〉
森博嗣　夢・出逢い・魔性〈You May Die in My Show〉
森博嗣　魔剣天翔〈Cockpit on knife Edge〉
森博嗣　恋恋蓮歩の演習〈A Sea of Deceits〉
森博嗣　六人の超音波科学者〈Six Supersonic Scientists〉
森博嗣　捩れ屋敷の利鈍〈The Riddle in Torsional Nest〉
森博嗣　朽ちる散る落ちる〈Rot off and Drop away〉
森博嗣　赤緑黒白〈Red Green Black and White〉
森博嗣　四季　春～冬
森博嗣　φ《ファイ》は壊れたね〈PATH CONNECTED φ BROKE〉
森博嗣　θ《シータ》は遊んでくれたよ〈ANOTHER PLAYMATE θ〉
森博嗣　τ《タウ》になるまで待って〈PLEASE STAY UNTIL τ〉
森博嗣　ε《イプシロン》に誓って〈SWEARING ON SOLEMN ε〉
森博嗣　λ《ラムダ》に歯がない〈λ HAS NO TEETH〉
森博嗣　η《イータ》なのに夢のよう〈DREAMILY IN SPITE OF η〉
森博嗣　目薬α《アルファ》で殺菌します〈DISINFECTANT α FOR THE EYES〉
森博嗣　ジグβ《ベータ》は神ですか〈JIG β KNOWS HEAVEN〉
森博嗣　キウイγ《ガンマ》は時計仕掛け〈KIWI γ IN CLOCKWORK〉

講談社文庫　目録

山田風太郎　新装版 戦中派不戦日記
山田正紀　大江戸ミッション・インポッシブル〈顔役を消せ〉
山田正紀　大江戸ミッション・インポッシブル〈幽霊船を奪え〉
山田詠美　晩年の子供
山田詠美　A《エイ》2《トウ》Z《ズイ》
山田詠美　珠玉の短編
柳家小三治　ま・く・ら
柳家小三治　もひとつ ま・く・ら
柳家小三治　バ・イ・ク
山口雅也　落語魅捨理《ミステリ》全集〈坊主の愉しみ〉
山本一力　深川黄表紙掛取り帖
山本一力　牡丹酒〈深川黄表紙掛取り帖(二)〉
山本一力　ジョン・マン1 波濤編
山本一力　ジョン・マン2 大洋編
山本一力　ジョン・マン3 望郷編
山本一力　ジョン・マン4 青雲編
山本一力　ジョン・マン5 立志編
椰月美智子　十二歳
椰月美智子　しずかな日々

椰月美智子　ガミガミ女とスーダラ男
椰月美智子　恋愛小説
柳広司　キング&クイーン
柳広司　怪談
柳広司　ナイト&シャドウ
柳広司　幻影城市
柳広司　風神雷神 (上)(下)
薬丸岳　闇の底
薬丸岳　虚夢
薬丸岳　刑事のまなざし
薬丸岳　逃走
薬丸岳　ハードラック
薬丸岳　その鏡は嘘をつく
薬丸岳　刑事の約束
薬丸岳　Aではない君と
薬丸岳　ガーディアン
薬丸岳　刑事の怒り
薬丸岳　天使のナイフ〈新装版〉
薬丸岳　告解

山崎ナオコーラ　可愛い世の中
矢月秀作　A《ア》C《ク》T《ト》〈警視庁特別潜入捜査班〉
矢月秀作　A《ア》C《ク》T《ト》2 告発者〈警視庁特別潜入捜査班〉
矢月秀作　A《ア》C《ク》T《ト》3 掠奪〈警視庁特別潜入捜査班〉
矢野隆　我が名は秀秋
矢野隆　戦《いくさ》始末
矢野隆　乱
矢野隆　長篠の戦い〈戦百景〉
矢野隆　桶狭間の戦い〈戦百景〉
矢野隆　関ヶ原の戦い〈戦百景〉
矢野隆　川中島の戦い〈戦百景〉
矢野隆　本能寺の変〈戦百景〉
矢野隆　山崎の戦い〈戦百景〉
矢野隆　大坂冬の陣
山内マリコ　かわいい結婚
山本周五郎　さぶ〈山本周五郎コレクション〉
山本周五郎　白石城死守〈山本周五郎コレクション〉
山本周五郎　完全版 日本婦道記(上)(下)〈山本周五郎コレクション〉
山本周五郎　戦国武士道物語 死《し》處《しょ》〈山本周五郎コレクション〉

講談社文庫　目録

山本周五郎　戦国物語 信長と家康〈山本周五郎コレクション〉
山本周五郎　幕末物語 失　蝶　記〈山本周五郎コレクション〉
山本周五郎　逃亡記 時代ミステリ傑作選〈山本周五郎コレクション〉
山本周五郎　家族物語 おもかげ抄〈山本周五郎コレクション〉
山本周五郎　繁《しげ》　あ　ね〈美しい女たちの物語〉
山本周五郎　雨　あ　が　る〈映画化作品集〉
柳田理科雄　スター・ウォーズ 空想科学読本
柳田理科雄　MARVEL マーベル空想科学読本
靖子靖史　空《くう》色《しき》カンバス〈瑞《ずい》空《くう》寺《じ》凸《でこ》凹《ぼこ》縁《えん》起《ぎ》〉
安本由佳・山本理沙　不機嫌な婚活
山中伸弥・平尾誠二・惠子　友　情〈平尾誠二と山中伸弥「最後の約束」〉
山手樹一郎　夢介千両みやげ(上)(下)〈完全版〉
山口仲美　すらすら読める枕草子
夢枕　獏　大江戸釣客伝(上)(下)
夢枕　獏　大《おお》江《え》戸《ど》火《か》龍《りゅう》改《あらため》
唯川　恵　雨　心　中
行成　薫　ヒーローの選択
行成　薫　バイバイ・バディ
行成　薫　スパイの妻
行成　薫　さよなら日和
柚月裕子　合理的にあり得ない〈上《かみ》水《づ》流《る》涼《りょう》子《こ》の解明〉
夕木春央　絞《こう》首《しゅ》商《しょう》會《かい》
夕木春央　サーカスから来た執達吏
吉村　昭　私の好きな悪い癖
吉村　昭　吉村昭の平家物語
吉村　昭　暁　の　旅　人
吉村　昭　新装版 白い航跡(上)(下)
吉村　昭　新装版 海も暮れきる
吉村　昭　新装版 間　宮　林　蔵
吉村　昭　新装版 赤　い　人
吉村　昭　新装版 落日の宴(上)(下)
吉村　昭　白　い　遠　景
横尾忠則　言葉を離れる
与那原　恵　わたぶんぶん〈わたしの「料理沖縄物語」〉
米原万里　ロシアは今日も荒れ模様
横山秀夫　半　落　ち
横山秀夫　出口のない海
吉田修一　日曜日たち
吉本隆明　真　　贋
吉本隆明　フランシス子へ
横関　大　再　会
横関　大　グッバイ・ヒーロー
横関　大　チェインギャングは忘れない
横関　大　沈黙のエール
横関　大　ルパンの娘
横関　大　ルパンの帰還
横関　大　ホームズの娘
横関　大　ルパンの星
横関　大　スマイルメイカー
横関　大　K2〈池袋署刑事課 神崎・黒木〉
横関　大　帰ってきたK2〈池袋署刑事課 神崎・黒木〉
横関　大　炎上チャンピオン
横関　大　ピエロがいる街
横関　大　仮面の君に告ぐ
横関　大　誘拐屋のエチケット
横関　大　ゴースト・ポリス・ストーリー
吉川永青　裏　関　ヶ　原

講談社文庫　目録

講談社文庫 目録

2023年9月15日現在